*story of stories*

# Noel
# 耶誕節

道尾秀介——著 葉韋利——譯

ノエル

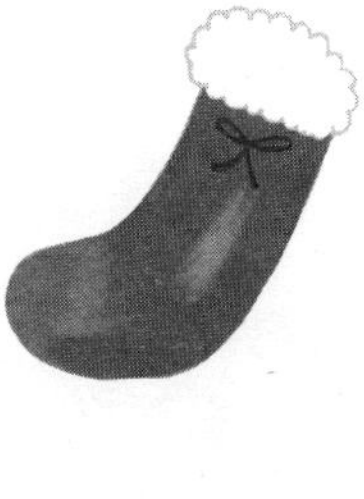

# 目錄

金色天使、銀色天使，還有耶誕老公公，都坐在馴鹿拉的雪橇上，飛躍過黃昏時分的街頭。在下一個耶誕節來臨之前，他們也會這樣不時在街上繞繞，到處看看世界是什麼模樣。

「……奇怪了？」

拖著雪橇的馴鹿驚訝地睜大了眼睛。

「怎麼啦？馴鹿。」

「有個小女孩。」

「嗯？」

「那邊有個小女孩，飛在空中啊。」

「你們，是耶誕老公公一行人吧？」

小公主在空中盤旋，同時優雅地行了一禮。

「我是第一次看到真正的耶誕老公公。」

小公主最近好不容易找到了她先前失去的一邊翅膀，開心得不得了，所以忍不住每天都在空中飛來飛去。

「妳是從哪兒來的啊？」

「那邊呀。」

小公主伸出白皙的纖細手臂，指著下方遙遠的地面。路邊聚集了幾十隻長得像海星的蒼白生物，指著頭仰望天空。

「對了，我問你。」

小公主問馴鹿。

「在你頭上的是什麼東西呀？」

馴鹿側著眼，看看自己頭上。

既然被發現，也只好離開了。停在馴鹿頭上搭便車的獨角仙，拍拍翅膀嗡嗡嗡地準備飛走。不過——

「要撞到啦！」

小公主放聲大喊。這時，碰巧一隻鸚鵡飛到獨角仙前方。還好就在千鈞一髮之際，鸚鵡發現了獨角仙，來個緊急大迴轉，才沒發生碰撞意外。先前朝著夕陽飛去的鸚鵡，這時轉了反方向，直直飛走。或許擔心高空太危險，只見牠在接近地面時拍打著翅膀，像要迅速逃回某個地方。

前方的一處高地上，矗立了一棟樓房。樓房白色的牆壁在西沉的夕陽餘暉中閃閃發光。鸚鵡的目的地似乎是樓房一樓的陽台。

「好啦，沒時間慢慢晃蕩啦，大家準備走嘍。」
耶誕老公公拍拍手掌提醒。
「小妹妹，再見啦。」
「再見，耶誕老公公。」
耶誕老公公和兩名天使搭乘的雪橇，在夕陽西下的街道上空越飛越高，一下子就不見蹤影。目送他們離開之後，小公主也飛往其他地方。獨角仙悠閒地拍動翅膀，繼續牠沒有目的地的旅程。
天色漸漸暗了下來，籠罩在夕陽餘暉下的大地，家家戶戶亮起一盞盞燈火。

節錄自《Stories》（卯月圭介著）

# 光之箱

# Track1: Rudolph The Red-Nosed Reindeer 紅鼻子馴鹿

## （一）

一走出故鄉的車站，一滴水冷不防落在眼皮上。眼看著冰涼的雨滴越下越密，在圭介縮起脖子衝到旁邊屋簷下時，眼前已經是灰濛濛的一片。

小小的蛋糕店，店家的耶誕節裝飾在雨水另一頭隱約閃閃發光。印象中那是在圭介離家那年，也就是十四年前開幕的店。他還記得當年聽著開幕特價的熱鬧叫賣聲，一邊在窗口購買特急列車的車票。

圭介喘口氣，拉好大衣衣領。這天氣真古怪，依照預報應該整天都是大晴天才對。夏天就算了，都已經到年底這個季節，居然還會突然下起大雷雨。

想到這裡他赫然發現，先前看的天氣預報……該不會是東京地區的吧？今天早上一個人嚼著吐司邊看天氣預報，依照平常的習慣，看到的可能是東京都內的天氣。

「……不好意思。」

他聽到聲音轉過頭，一輛計程車就停在旁邊，還打開後車門。駕駛座上一名頭髮花白的司機，扭動身子轉過來看著他。

「要坐車吧？」

「咦？」

圭介納悶難道自己做出招了計程車的動作嗎？其實沒什麼，只因為他衝進來躲雨的地方恰好就是計程車招呼站。

「這雨，沒那麼快停吧？」

他探頭進車內問道。司機先生挺起上半身望向天空。

「嗯，天氣預報說會從下午下到半夜。」

手錶上的短針快走到「5」。同學會是六點開始，根據邀請函上的說明，舉辦同學會的飯店距離這裡車程大約十分鐘。原先打算在懷念的街上到處晃晃看看，才提早從東京出發的啊。

「那好吧，麻煩你。」

遇上這場雨也真無奈，只好搭計程車到飯店，先到飯店大廳喝杯咖啡等候老朋友吧。

圭介在暖氣開得很強的車子裡擦拭包包上的水滴。包包裡放著稍早在東京車站咖啡廳從編輯手上拿到的打樣和插畫彩色印刷稿。這是圭介新的童話作品，明年春天就要出版。

「卯月老師竟然要出遠門，真罕見。」

熟識的編輯在特急列車的乘車處送行時，語帶調侃地對圭介說。的確，他已經很久沒離開東京了。平常除了採購還有跟編輯開會之外，就連家門也很少邁出。

「要是聞到菸味請多包涵，是前一位乘客抽的菸。」

司機先生面有難色說道。

「不要緊。」

圭介沒抽過菸，但對菸味倒不討厭。可能因為在他念小學時過世的父親是個大菸槍吧，聞到那股嗆人氣味反倒能讓他的情緒平靜下來。有時候寫不出稿子，他還會特地到附近咖啡廳找個吸菸區的位子喝咖啡。

「車子要停在飯店前面嗎？那個正門入口。」

圭介說了目的地之後，司機先生發動車子一邊問他。

「還有其他出入口嗎？」

「是啊，還有後門。應該說建築物後方還有一個出入口。那邊車流比較順暢，要進到飯店裡也方便。面海邊的正門經常一下子就擠了一排計程車。」

「聽起來這家飯店很大呀。」

十四年前還沒有這棟建築物。看來闊別已久的這個地方也變了很多。

「就麻煩繞到後門吧，你說車流比較順暢的那個門。」

「好的，在後門停。」

司機先生油門一踩，計程車立刻加速飛馳。圭介摘下眼鏡，噘起嘴用力吹掉鏡片上的水滴。雨水中的車燈光線一道道在反向車道流過。這條路感覺比以前稍微寬了些，隔著沾滿雨滴的車窗玻璃看到的步道也鋪設得很整潔，一整排店家看來都好陌生。

計程車遇到紅燈一停下來，車內就只聽得到雨刷來回擺動的單調聲響。暖氣的高溫讓腦子昏昏沉沉，駕駛座上突然傳來似乎帶著疲憊的嘆息。

「開個收音機吧？」

「不用，沒關係。」

圭介婉拒之後，司機先生有些遺憾地輕輕把已經伸向收音機開關的一隻手縮回來。或許是昏昏欲睡的他想聽收音機。

這次通知圭介同學會的是高中三年的同班同學，富澤。

「總算聯絡上了，你真難找。」

大概一個月前，圭介在家裡接到電話時，富澤劈頭就這麼說。剛聽到這個聲音時，腦子裡還想不起對方的名字，但因為他特殊的鄉音，圭介立刻知道這通電話來自他青春時期生活的那塊土地。

據說富澤是偶然在雜誌上看到圭介的照片，透過出版社才問到他的聯絡方式。當年高中一畢業，圭介就離開那個靠海的小城市。原先同住的母親也因為這樣，搬到房租較便宜的公寓，因此沒人知道圭介新的聯絡方式。回想起來，前幾天好像有編輯問過，方不方便把聯絡方式告訴別人。只是接到那通電話時，圭介剛好熬了一整夜剛要睡著，印象模糊不清。

「卯月圭介，為童話世界注入新風格……很厲害耶。」

富澤在電話那頭念念有詞，大概一手拿著雜誌吧。聽到他坦率的聲音，讓圭介很開心。

「你以前有寫什麼童話故事嗎？」

「到東京之後才算認真創作啦。」

到東京之後，圭介進入一家專賣辦公室用具的公司上班，每天晚上認真創作，報名參加新人獎。好不容易看到自己的著作出現在書店裡，一個人為自己慶祝。不知不覺已經過了八年。

富澤邀圭介參加在家鄉舉辦的同學會，當下圭介並未肯定答覆，但富澤說了會再另寄邀請函後就掛掉電話。幾天之後，富澤依約寄來了同學會邀請函及回函。圭介猶豫了一會兒，便圈選了「參加」一項之後寄回。

彌生也會出席嗎？

從圭介把回函明信片扔進郵筒的那一天起，腦子淨想著這件事。能跟她重逢嗎？彼此還能認得出來長大成人之後的模樣嗎？還能像以前那樣，只要有誰笑了，另一個人也會跟著笑嗎？但是，相信自己跟彌生都一樣，一定會支支吾吾找不到開口的話題。至於那件事，兩個人保證都將絕口不提。所以才不知道該說什麼才好。

圭介靠在車內座椅上，慢慢吸了口氣。衣服上沾著雨水的氣味，讓他想起第一次碰觸到異性身體的那一天。當時從一陣溼氣中傳入鼻腔的是一股清新肌膚的香氣，聞起來就像牛奶一樣。

「歡迎光臨。一位嗎？」

飯店大廳裡的人還不少。橙黃色的燈光下，圭介不經意地看著坐在桌邊的人群，但距離約定的時間還有一個多小時，顯然還沒有已經抵達的老友。話說回來，就算已經有人到了，圭介也沒自信能一眼就認得出來。

「對，一個人。」

服務生領他坐到靠窗的座位，剛好能清楚看到飯店正門入口。剛才那位司機先生的預測似乎有誤，門口並沒有一整排的計程車。雨勢變得更強，玄關旁邊的耶誕樹燈飾被雨淋溼，耶誕樹旁邊有個塑膠材質的耶誕老公公，揹著白色袋子背對站立，另一隻手裡則拄著印有飯店商標的雨傘，看起來就像他自己拿著。圍起耶誕老公公跟耶誕樹的玻璃窗，另一面不停有水滴滑落。

圭介把大衣掛在椅背上，點了一杯咖啡。談吐及動作顯得有些誇張的服務生離開之後，耳邊傳來先前被周圍喧囂蓋過的耶誕歌曲。大概是飯店內的廣播，曲子從天花板上的喇叭流瀉出來。是約翰・藍儂的〈Happy Xmas（War Is Over）〉，沒有人聲，聽來是演奏曲。曲子已經來到最後一小段，

「War Is Over」在副歌中一再重複，然後漸漸遠離。在完全結束之後，又聽到周圍的談笑與餐具碰撞的聲音，一會兒之後喇叭才又響起下一首曲子。前奏傳來的瞬間，圭介就知道曲名，同時在心底閃過微微的痛楚。

這支曲子，真教人懷念。每年冬天都會聽到，強尼．馬克斯的〈Rudolph The Red-Nosed Reindeer〉。這首歌的歌詞翻譯成日文，就是眾所周知的耶誕歌曲——〈紅鼻子馴鹿〉。

圭介閉上雙眼，眼底出現一片銀白色雪景，另一頭是令人感到溫暖的點點橙色燈光。小學四年級時，圭介寫了有生以來的第一個故事。就在那個沒有暖氣的公寓角落，等候著媽媽下班回家時，把學校作業簿倒著用，從最後一頁寫起。或許那還稱不上「故事」吧。因為他不過是把音樂課上老師教的耶誕歌歌詞寫下來，再多加一點內容，只能算是篇幅長一點的塗鴉。

## 蘋果布袋

「咦，你是不是又偷偷舔了一口葡萄酒呀？」

金色天使說完，咯咯笑了。

「呵呵呵呵，不可以這樣笑人家啦。」

銀色天使邊說邊用銀色的袖口輕輕遮住嘴巴。

窗子上映著閃爍的爐火，窗外飄著陣陣白雪。不過，用圓木柱堅固搭建的這棟小木屋裡，卻是暖洋洋。

「可是你看看，如果不是偷喝耶誕老公公珍藏的耶誕葡萄酒，就不會像這樣變成紅鼻子呀。」

金色天使用金色的手指戳戳馴鹿的大鼻子。

「就跟你說不要這樣笑牠啦……呵呵，別鬧了。」

銀色天使嘴上這麼說，卻表現出開心得不得了的模樣。

從剛剛就一直默不作聲的馴鹿，這下子再也忍不住了。牠決定好好來嚇嚇這兩個天使，於是把兩隻前腳高高舉起，不停擺動。兩名天使放聲驚呼，連忙逃到櫟木桌的另一頭。只是兩人還是咯咯地笑個不停，邊笑邊齊聲說著：「紅鼻子馴鹿！」

馴鹿眼眶中滲出淚水。但牠不想讓小天使看到自己這副窩囊的模樣，於是轉過身背對兩人，走向玄關的榆木大門。

就在馴鹿舉起前腳正要握住大門門把時，大門從外頭用力打開。

「嗬——嗬——嗬——嗬——！哎呀呀，搞到這麼晚才回來，因為我到處都找不到塗在雪橇上的蠟呀。」

耶誕老公公外出採購回來。他發現馴鹿正要往外走便問：「咦？這個時候你還要上哪去呀？馬上要出發了耶。」

馴鹿硬擠出笑容答道：「我沒有要出去呀。」接著假裝放鬆伸個懶腰。

兩名天使齊聲向耶誕老公公打招呼。

「您回來啦，耶誕老公公！」

「嗬——嗬——嗬——，我回來嘍。你們倆乖不乖呀。」

「當然很乖呀！」

「很好，很好。明天就是一年一度的耶誕節啦，我們又得跑遍全世界。哎呀，已經這麼晚了，得趕快來幫雪橇上蠟。大家跟我來。」

耶誕老公公說完，很開心地往房裡走去。裡頭有一扇通往儲藏室的門。

兩名天使雀躍地跟上，馴鹿則無精打采走在最後面。

堆滿灰塵的狹小儲藏室角落，放著一架舊雪橇。耶誕老公公吸了一口氣，把雪橇上的灰塵吹掉，小儲藏室裡瞬間成了白茫茫一片。耶誕老公公跟兩名天使都嗆到了。

「咳咳咳……」

「喀喀喀……」

「唔，唔，哈啾！哈哈哈，我最喜歡這一瞬間啦。哈啾！」

耶誕老公公說完，扯開他的嗓門大笑，然後輕輕鬆鬆舉起雪橇。兩名天使跟隨在旁邊扶著。三個人腳步沉重、搖搖晃晃地走出儲藏室。

只有馴鹿站在原地，直盯著他們三人的背影。

（二）

從作業簿最後一頁開始寫的故事，拯救了身陷寂寞中的圭介。

沒有父親的這個家，媽媽總是工作到很晚。往往圭介在半夜醒來，看到的都是她坐在客廳的矮桌前，雙手撐在桌上，靜靜地嘆氣。在被窩裡的圭介總是小心翼翼，盡量不扭動身體，努力凝視母親削瘦的側臉。雖然他很希望媽媽看看他，但每次媽媽一轉頭，他又趕緊閉上眼睛假裝睡著了。

圭介在學校裡有很多綽號，但每個小名都是用來嘲笑他貧窮的家庭。他無話可說。即便媽媽遭到嘲笑讓他懊惱到喉頭哽咽，卻張開口也說不出話來。

圭介每天在他的作業簿上創作故事，一點一滴，就像反覆用冰塊敷著燙傷的傷口。唯有在寫故事時，他才不感到寂寞。只有在將滿腔話語化成文字寫下來時，他才不覺得悲哀。

☪

在小木屋外頭。

閃閃星光，還有滿天輕飄飄的雪花。

耶誕老公公跟兩名天使把雪橇搬出榆木大門外。

「嗬——嗬——嗬——嗬——！來吧，上完蠟就出發嘍！」

「快點，快點！」

「快出門吧！」

「等一下，不行啦，一定要上完蠟才可以。雪橇有沒有好好上蠟，可是會大大影響轉彎時的順暢度。」

耶誕老公公從口袋裡掏出一塊破布，沾了點蠟，然後塗在雪橇各處用力擦拭。兩名小天使心不甘情不願地在一旁觀看著耶誕老公公。

「好啦。」

過了一會兒，耶誕老公公總算上完蠟。轉過來對兩人說：「準備出門吧。」

「呀喃！」

「出發！」

「喂！馴鹿！馴鹿來呀！」

耶誕老公公朝著小木屋大喊，馴鹿才默默地從榆木大門後走出來。

「走嘍，馴鹿！準備出發走遍全世界……嗯？」

耶誕老公公盯著馴鹿的臉。

「那塊布是怎麼回事？」

仔細一看，馴鹿用一只舊布袋把自己的鼻子整個包起來。那是放在儲藏室裡一只用來裝蘋果的舊布袋。

「你鼻子怎麼啦？」

耶誕老公公一臉擔憂，低頭看著馴鹿。

兩名小天使尷尬地對望了一眼。

馴鹿默不作聲，走到雪橇前面，一如往常把雪橇上的皮繩套到自己身上。

好一會兒，都沒有人出聲。大家的腦袋裡都各自想著不同的事情。

然後，耶誕老公公終於開口。

「嗬——嗬——嗬——，我知道啦，我知道啦。欸，你們兩個是不是笑了馴鹿的紅鼻子呀？」

兩人一聽到耶誕老公公這麼說，立刻縮起身子低下頭，一句話也說不出來。馴鹿也只是靜靜低著頭。

耶誕老公公過了一下子又說。

「欸，馴鹿，你能不能把布袋拿掉呀？你在鼻子上套個布袋，實在讓我很頭痛耶。」

這番話讓馴鹿一臉驚訝地看著耶誕老公公。耶誕老公公接著說：「你看看，這架舊雪橇，連個頭燈都沒有，陽春得很。已經用了好多年啦。」

馴鹿轉頭看看自己身後的舊雪橇。

「可是啊，馴鹿，我很喜歡這架雪橇哦，非常喜歡。我一點都沒打算去買另一架新的，這架雪橇我還想繼續用下去。不過……」

耶誕老公公摸摸自己一大叢白鬍子繼續說。

「這架舊雪橇在陰暗的小路上非常危險哪，因為沒有裝頭燈。……但我問問你，你看我駕雪橇時曾經出錯嗎？」

馴鹿搖搖頭。

耶誕老公公突然有點難為情地說：「那個，因為啊……每次走到陰暗的小路上，你那顆亮亮的鼻子就能派上用場啦。」

馴鹿一驚之下抬起頭。

兩名小天使輕輕發出一聲驚呼。

「好啦，馴鹿，把破布袋拿掉啦。你要是用那塊布蓋住鼻子，可就沒辦法把禮物送到全世界唷。」

馴鹿臉上逐漸重現光彩，同時兩名天使的臉越來越紅。耶誕老公公又扯開大嗓門說：「嗬——嗬——嗬——，已經這麼晚，得趕緊出發嘍。好了好了，你們倆也別苦著臉，快坐上雪橇！」

金色天使跟銀色天使上了雪橇，分別坐在耶誕老公公的左右兩側，兩人都顯得有些羞愧。

馴鹿用兩隻前腳把蓋在自己鼻子上的蘋果布袋揭開，直接扔在雪地上。紅鼻子一瞬間亮了起來。

「嗬——嗬——嗬——嗬——嗬——，真的要出發嘍！我們要走遍全世界！不管是美國、法國、蘇聯還有中國跟日本！」

「要帶給所有人幸福！」

「帶給所有人愛！」

馴鹿用力點點頭，抬起腿來踢踢雪地。然後在心底低聲說：「今晚就看我的！」

老舊的雪橇開始在地上緩緩滑行，穿過一片白茫茫夾雜雪花的煙霧，輕飄飄地離開地面。馴鹿用四隻腳努力踢開空中的雪花，慢慢浮到空中。平常看習慣的街景越來越小，看起來就像個小模型，但不一會兒就成了一張地圖。

「耶誕快樂！」

空中傳來一陣鈴聲。

今晚，世界各地都將響起這陣鈴聲。

——完

（三）

小學那些對圭介說話不客氣的同學，大概有一半都念了同一所中學。開學典禮那天早上，大夥兒集合在冷颼颼的體育館，聽著校長不斷引經據典的致詞時，圭介內心感到強烈的不安。難道接下來的三年每天還得經歷相同的事嗎？自己又得忍耐嗎？他想像著跟朋友打成一片，說說笑笑的模樣，是不是又得只能默默抱著這份想像，每天放學後孤零零回家呢？

開學典禮結束後，新生依照指示回到各自的教室，圭介卻刻意慢一些走出體育館，因為他想盡可能避開熟悉的臉孔。他走在教室大樓的走廊上，看到有一群人聚集在往上的樓梯旁。其中有個人一看到圭介，立刻跟旁邊的人咬起耳朵，結果眾人同時大笑。那些身穿著嶄新制服的人，每一張臉圭介都很熟悉，全是他的小學同學。

剛才惹大夥笑的傢伙名叫岩槻。他每次大聲嘲笑圭介家的貧窮之後，一定會接著向身邊的人炫耀自己家裡多有錢。想必他認為可以藉著嘲諷圭介同時讓自己看來很了不起，一舉兩得。剛才岩槻也不知道低聲說了什麼沒讓圭介聽見的話，只見旁邊其他人都對他投以欣羨的目光。回想起來，小學時第一個傷了圭介心的，就是岩槻這個人。

圭介想無視眾人直接走過時，岩槻開口叫住他。但圭介並沒有轉過頭，而是直視前方，同時勉強動著不合身的大尺寸制服下的雙手雙腳，試圖快步從這群人前方通過。

然而，事與願違。岩槻穿著室內鞋的右腳冷不防伸過來，就往圭介的腰上踢。圭介連吭聲都來不及，就跌倒在冰冷的地磚上，頭部側面還撞上走廊牆壁。圭介在驚恐與混亂中抬起頭，便看到岩槻托著下巴得意地笑。那副表情如果換成年紀小一點的孩子，大概就像意外發現陌生小昆蟲時的欣喜。

這是圭介第一次遇到在肢體上的暴力。

接下來，面對毫不抵抗的圭介，加諸在他身上的手腳數量一天天增加。這群人光靠言語暴力已經無法滿足，看到圭介竟然能忍下語言的侮辱，更讓他們惱怒。另外，這群人可能也很緊張吧。在尚未適應的校園裡，面對陌生的老師和一大群學長姊，內心深處有一股揮不去的焦慮。後來連上了中學才認識的同學，也跟著競相攻擊圭介，就是這個道理。

每天早上，當圭介走進校園玄關時，就把自己的心關進一所隱形的監獄。無論挨打、被踹、遭受嘲笑，他都一貫面無表情，等到一天結束放學時，他就帶著假釋的心一起回家。就這樣，一天過一天。他不再創作故事，就連小學四年級冬天寫的那個故事，也不再想起。日復一日，圭介發現每天進入監獄的另一個自己，跟以前相較之下變了很多。宛如行屍走肉穿過生鏽鐵門的他，側臉顯得削瘦、空虛、蒼白。一雙眼睛則像被關在小金魚缸裡的蝌蚪，只看得到黑眼球不停顫抖。

然而，那雙顫抖的雙眼卻在某一天突然靜止下來。

至今他還記得很清楚。那是在校園裡銀杏開始落葉的深秋，圭介靜止的視線前方，看到了站在教室角落的一名同學。留到耳下的一頭黑髮，加上一張白皙小巧的臉龐。身上深藍色的水手服襯著她肌膚的嫩白，彷彿刻意製造出來的強烈對比。她的雙眼直視著圭介。明明是下課時間，她卻沒跟其他人交談，沒跟其他人嬉鬧，就這麼看著圭介。這女孩就是葉山彌生。

兩人是同班同學，圭介自然知道她的名字。她是個很穩重的女孩子，平常不會主動跟其他人談笑或是拋出話題，總是靜靜聽著朋友談話，偶爾發出輕輕的笑聲。她的雙眼似乎罩著一層薄霧，游移的眼神多半聚焦在虛無的空中，彷彿連空氣的流動都能看得一清二楚。但那一刻，彌生竟然直視著一點，令人不可思議，而她眼神的焦點不是他人，正是圭介。

彌生的身影一剎那從圭介視線的中央用力晃到旁邊，一時之間他還沒意會過來發生什麼事，轉頭一看才發現岩槻就像個從功夫片中走出來的人物，裝模作樣地將右腳落在地上。在他身後也像電影一樣，有兩個跟他同一掛的人，雙手插在口袋裡。圭介感覺到遭受飛踢的側頭隱隱作痛，忍不住伸手摸摸。接著岩槻的右腳又飛過來，這次對準的是圭介的側腹。圭介應聲跌落椅子，趴在地上痛得發出呻吟。如果是平常，圭介會悶著頭、僵住全身，準備好面對下一次攻擊。但這時他抬起頭，尋找著離開視線範圍的彌生。直到現在，他也不懂當時為什麼會這麼做。總之，圭介就是一古腦兒地找尋她的身影。——在那裡！彌生仍舊盯著圭介，表情跟剛才一樣，一點都沒變。雙眼直勾勾地望著圭介。她不像其他女孩，對圭介的窩囊感到不耐煩，眼神中也沒有類似對瘦弱小狗的同情，只是靜靜地將圭介留在自己的視線中心。

放學後，圭介踩著地上的落葉走回家。旁邊住家的院子裡傳出竹掃把掃落葉的規則聲響，而且離開那棟住家之後那個聲音還持續響起，讓圭介驚訝地轉過頭。

彌生就站在後方十公尺左右。圭介以為掃拾落葉的聲音，可能就是她的腳步聲。她大概跟圭介同時停下腳步吧，只見她一手提著書包，雙腳腳跟緊緊併攏，踩在四散在步道的落葉上。然後站在原地，一句話也不說。可能只因為她家在同一個方向，然後圭介突然轉過頭，她才嚇一大跳停下腳步吧。圭介想了想，繼續往前走。接下來他豎起耳朵，知道彌生也跟在後頭。她的步伐維持了好一會兒的穩定之後，突然不時夾雜著打亂節奏的迅速腳步。每聽到腳步變得迅速，就覺得離圭介背後近了一點。然後到了離圭介家大約一百公尺時，水手服已經跟他肩並肩。

「我要報告老師。」

突如其來的這句話，讓圭介大吃一驚，停下腳步。

「報告老師的話，一定可以阻止他們。」

圭介立刻了解她說的是什麼事。看她這麼有心，圭介當然很高興，但還是別過眼神對她說：「我希望妳別這麼做。」

「為什麼？」

「因為事情可能會往壞的方面發展。」

「壞的方面是什麼意思？」

「就是我搞不好會更慘。」

彌生抿緊嘴唇。她望著圭介的雙眼似乎非常心酸。圭介看著那雙眼睛心想，這個女生並不是裝模作樣自以為正義，而是真的擔心自己。在欣喜之餘，也有一股莫可奈何的悲哀。

兩人沉默了一會兒，彌生突然提出一個令人匪夷所思的建議。

「那，你要不要跟我一起畫畫？」

她打開書包，拿出幾張紙。

「這是我的興趣。不管發生什麼事，只要畫畫就能忘掉。所以你要不要跟我一起畫畫呢？」

紙上是用彩色鉛筆畫的淺色風景畫。不對，應該不是風景，沒錯，現實世界中並沒有這樣的景致。雲彩伸出一隻手拿著指揮棒打拍子，彩虹正中央架著一支箭，高山……這是什麼？

「這是在放屁嗎？」

「是生氣啦。氣到差點要噴火了，但最後還是勉強忍下來，所以熱氣就從旁邊排放出來。」

一本正經回答完之後，彌生驚訝地轉頭看著圭介。

「你剛說什麼放屁？」

「看起來很像啊。」

「像嗎？」

她低頭看著圖畫紙陷入沉思。腳下的落葉在沙沙聲之中被吹過，這時吹的已經不只是秋風，還帶著幾分冬季的堅韌。

圭介覺得彌生的圖畫得很棒。不知道是不是她刻意這樣，在用色上比較簡單，但還是有一種不可思議的真實。

「算啦，放屁也無所謂。」

彌生抬起頭。

「這個本來不是畫給別人看的。啊，不過已經拿給你看了。」

總算開口的她，講起話來比想像中來得快，而且會自顧自地講不停。

「欸，要不要一起畫嘛，人家不是說凡事要多嘗試嗎？」

「嘗試？」

「對呀，嘗試。試試看，說不定能讓你很投入，這樣就把學校的事情忘得一乾二淨。」

圭介想了一會兒，坦然面對彌生告訴她實話。其實他對繪畫絲毫沒有興趣或天分，從小無論在幼稚園或小學的美勞課，他從來沒畫過像樣的畫，面對圖畫紙別說要投入，多半只會越畫越不耐煩。

「啊，不過……」

看著彌生似乎臉上盡是惋惜，圭介趕緊接著說：「寫字的話可能好一點。呃，該說是字呢？還是寫故事……」

他一時語塞。小學時期自己埋頭寫在筆記本上的到底該算什麼呢？叫童話實在太自不量力，說是故事又令人難為情。猶豫了一下子，圭介用了一個連自己都忍不住要皺起眉頭的曖昧說法來解釋。

「就像繪本上的文字那種東西啦。」

一瞬間，彌生臉上出現光彩，露出春天一般的笑容。

「那不就可以一起做嗎？」

「做什麼？」

「一起創作繪本呀。」

圭介上半身稍微往後退了一些，直盯著彌生的臉。這女孩的話讓他困惑萬分，甚至沒察覺到在這麼近的距離下盯著同班女同學的臉是件令人害羞的事。一起創作繪本。剛剛才第一次開口跟自己交談的人，竟然提議要一起創作繪本。

「明天我會帶彩色鉛筆。可以去你家嗎？」

「呃，可以是可以啦……不過我家裡沒人。」

「這樣的話很安靜，剛剛好。」

別忘嘍。說完之後，彌生便往右轉，越走越遠。

（四）

隔天放學之後，彌生真的來到圭介家。

她靜靜讀完《蘋果布袋》之後，啜了幾口圭介用媽媽的茶杯端出的日本茶，一邊在新的圖畫紙上開始作畫。圭介聽著彩色鉛筆在紙張上滑動的聲音，同時出神地望著彌生。面對著圖畫紙的彌生，臉上雖然沒有笑容，表情卻好似快要泛起微笑。深藍色水手服領口下的頸子，白皙又美麗。靠近仔細端詳，會發現彌生的臉感覺像貓咪，卻不是那種在寵物大賽中奪冠的貓，而是附近躲在車底下偷看人的那種小貓，有一股單純天真的吸引力。

時間靜靜地過去，等到四張圖畫完成時，秋天的夕陽已經下山，窗外一片漆黑。

嘲笑馴鹿的兩名天使。耐不住性子舉起前腳的馴鹿。回到小木屋的耶誕老公公。積著一層厚厚灰塵的舊雪橇。四張圖畫每一張都與圭介腦中的形象相符到驚人。

「這看起來簡直像是先有圖，後來才加上我的文字。」

圭介不太會用言詞來貼切表達內心的想法，但彌生似乎感受得到。她在矮桌上把四張圖畫紙整齊排放，露出發自內心的微笑。

「之後再在空白的地方寫上文字。不過，要做繪本的話，圖畫的數量還差得遠。」

約好明天繼續之後，彌生就離開了。圭介在再次變得安靜的客廳裡，一個人坐在矮桌前，輕輕撫摸著那四張伴隨著她身上香甜的圖畫。圭介以為撫摸之後圖畫會變得溫暖，結果還是一樣冰涼。

接下來彌生幾乎每天都會來到圭介家。因為害怕被岩槻那幫人看到不知道會說什麼，所以兩人不會一起出校門，而是約在圭介家門口碰面。

圖畫數量慢慢增加。依照第一天的速度，原本以為大概兩星期就能完成一本繪本，豈料大概從第三天起，彌生握筆的手動得非常緩慢，過了將近一個月，屋子裡的溫度降得更低，馴鹿的鼻子上還套著蘋果布袋。圭介總是盤著腿，隔著矮桌坐在另一頭，靜靜看著揮動彩色鉛筆的彌生。每當她的手一停下來，便聽到她細微的呼吸，就在她的呼吸與自己的呼吸快要交會那一刻，圭介就會沒來由匆匆吸口氣，刻意避開。

彌生每天放學都到圭介家，待到晚上八點左右。這段時間兩人多半喝兩杯茶，吃掉一包彌生帶來的零食。

「妳家裡的人不會擔心嗎？」

圭介一問，彌生輕輕咬著嘴唇搖搖頭。耳際的秀髮無聲拂過臉頰。

「反正我爸九點多也還在店裡。」
聽說彌生家裡是開照相館的。
「妳媽呢？」
「我媽就更不用管啦，她好像很討厭我。」
「咦？為什麼？」
「不知道該說她討厭我，還是根本不在乎，反正她從來不為我做任何事。」
說完之後，她口中繼續念念有詞。
「……出一張嘴。」
她剛說了什麼？圭介沒聽清楚，他伸長了脖子代替發問，彌生轉過頭來刻意張大了嘴說：「我媽只會出一張嘴啦。動不動就說為我著想，可是她根本不為我做任何事。」
「難道也不煮飯給妳吃嗎？」
「對……對啦。總之我們家的狀況也好不到哪裡去，一言難盡。」

她嘆口氣說完後，又把注意力轉移回矮桌上。

商店街上響起熱鬧的耶誕歌曲時，圭介跟彌生的繪本也大功告成。一共有三十頁，再加上封面和封底。裝訂方式雖然不怎麼精美，依舊是兩人珍貴的作品。看著這本作品，兩人聊著孩子氣的夢想，有朝一日圭介要成為童話作家寫故事，彌生則成為畫家繪製插圖。

「到耶誕節之前再來寫這本的續集。」

兩個多星期後的耶誕節當天，圭介依約把寫在作業簿上的新故事交給彌生。名稱叫做〈光之箱〉，內容延續第一本的故事。彌生也答應要立刻為這個故事作畫。

在春天來臨之前，兩人完成了兩本繪本。

第一本放在圭介家，新的一本則給彌生帶回家。

（五）

升上高中之後，圭介總算從那場醜陋的攻擊中獲得釋放。

岩槻好像進了縣內有名的私立升學高中，這個人只有在功課上絕對不放鬆。彌生告訴圭介，快畢業之前岩槻曾經突如其來對她表示好感。聽說彌生拒絕之後，岩槻還默默哭了。圭介感覺有些不是滋味，想想岩槻，再想想彌生，心頭一陣煩亂。

圭介和彌生進入同一所縣立高中。兩人並沒有刻意說好，只是在升學這件事上同樣可有可無的兩人，剛好選擇類似的途徑而已。中學三年級時，兩人看完一部愛情片，在回家的路上曾笨拙地接吻。但僅止於此。當然，圭介也不是沒想過進一步的發展。只是，兩人共同創作的兩本繪本隨時都在圭介腦中，他有預感，任何輕率的舉動都可能讓這兩本珍貴的繪本化為泡影。因此圭介即便感受到來自下腹部的新鮮慾望，每當跟彌生在一起時，依舊只是在街上散散步，或是互相開開小玩笑而已。他對這樣的自己感到不耐煩，有時甚至對那兩本繪本感到牙癢癢。身心的成長讓圭介覺得悲哀。

至於彌生，除了繪畫之外又找到另一個新的興趣，就是攝影。聽說經常進出她父親店裡的廠商，廉讓給她一台舊款內建閃光燈的單眼相機。每逢假日跟圭介碰面時，她的包包裡一定會帶著這台沉甸甸的相機。

「家裡就可以沖洗，只要花底片的錢。」

某個星期日，兩人在車站前的廣場上，彌生第一次把相機拿給圭介看。她左手攏起那頭還是一樣短的頭髮，拿起相機鏡頭對準圭介，雙眼凝視著觀景窗。這台相機好像是手動對焦，只見彌生動作生硬地調整焦距。

「妳請妳爸沖照片嗎？」

「我自己沖就行啦。」

「咦？沖洗照片不是要在暗房裡嗎？」

彌生具備這方面的技術嗎？

「店裡有自動沖洗的機器啦。現在很方便。」

她舉起左手打個手勢後便按下快門。然後雙手高高舉起相機，心滿意足地望著。

「我看我別當畫家，改當個攝影師好了。」

她一定沒多想就脫口而出這句話吧。

但她這麼不經意的一句話，卻冷冰冰地刺進圭介的心上。彌生似乎完全沒察覺到。

「很好啊，攝影師也不錯。」

圭介跟發現新事物的彌生相反，他依舊執著於創作童話。一有空閒他就在家裡練習寫作，但多數時候都落得不耐煩地咋舌，然後把自動鉛筆往筆記本上一扔。腦子裡怎麼都想不出當年那樣單純美好的文字，他會在下意識思考艱澀的用詞，尋找一些裝模作樣的表達方式，但是寫著寫著就發現內容無聊到連自己看了都傻眼。當年那個看似笨拙卻令人難忘的故事，對圭介而言就像天上掉下來的禮物，再也找不到。

富澤跟圭介從高一就是同班同學，才念高中卻滿臉鬍碴，光看他的長相倒像老師。

「圭介，你跟葉山在交往嗎？」

下課時間富澤那張四方臉湊過來問。

「你問這個要幹嘛？」

「沒啦，昌樹很好奇。」

昌樹是別班的學生，這個名字經常從富澤嘴裡聽到，他們倆好像是中學時期的朋友。圭介沒有跟他直接交談過，只知道昌樹跟富澤完全相反，是個五官端正，給人中性感覺的男生。

「怎麼樣啊？你們在交往嗎？」

「呃……應該算吧。」

圭介含糊地回答後，富澤點點頭，同時嘛起嘴稍微移開目光。這個動作讓圭介感到狐疑，剛才他說什麼「昌樹很好奇」八成是胡扯，事實上對彌生有好感的就是富澤自己吧。富澤轉頭看看旁邊笑鬧的同學，然後又回過頭來看著圭介。

「呃，已經『那個』了吧？」

他的語尾聲調往下掉，一副明知故問的態度。圭介還來不及思考就直覺扯了謊。

「那當然啊，我們交往滿久了。」

富澤的表情一瞬間僵住，接著他只低聲說了句「這樣啊」，然後勉強提起嘴角。

「昌樹可慘了。」

「不過，這件事別告訴其他人唷。」

富澤揮揮手，表示了解。

「真好，我也想交女朋友啊。」

說完他離開圭介的座位，走出教室。目送著他的背影，圭介不解為什麼自己剛才要說謊。答案很清楚，因為他十分不安，深怕富澤或是其他人接近彌生。然後彌生會像放下繪畫投奔相機一樣，將目光轉移到新對象身上。

其實，彌生內心也抱著相同的不安。直到隔年冬天，圭介才知道。只不過，是在極可怕的狀況下，才迫使圭介確認到這一點。

那一天，放學之後圭介往車站走。

「我要去買點東西。」

彌生說完後，圭介就跟她在校門口道別，各自離開。

倒不是有預感，但圭介沒來由地邊走就轉過頭，沒想到守谷夏實就在他身後。她是彌生的好朋友，外表跟彌生相反，曬得健康的肌膚跟她一頭褐色長髮十分搭調。曾經聽彌生說過，夏實很喜歡運動，夏天衝浪，冬天滑雪，總之是他們很難想像的興趣。

圭介停下腳步。夏實也同時停下來。這番情景讓圭介突然想起那一天，彌生跟在自己身後的放學路上。

不過，相似的情境只維持了一瞬，接著夏實神采奕奕地小跑步到圭介身邊。

「我就猜是圭介。」

這還是頭一次除了彌生之外有女孩子直接叫他的名字。圭介大概露出了疑惑的表情，夏實趕緊遮著嘴說：「我居然一不小心就直接叫你圭介。因為每次聽彌生都這樣叫，我們聊天時我也偶爾跟著她叫……」

夏實連珠炮似地說到一半突然停下來，直盯著圭介。

「你不喜歡啊？」

「沒什麼喜不喜歡啦。」

「那我就叫你圭介嘍。啊，不過可以別讓彌生知道嗎？在她面前叫圭介跟在圭介面前直接叫圭介，感覺還是不太一樣啦。」

她說話簡短斷句的方式很特別，講話速度又快，一句話裡不斷出現自己的名字，讓圭介覺得心窩透著一陣癢。

後來她要圭介陪她到車站前的唱片行買東西，之後又為了答謝圭介，買了罐裝咖啡請他，兩人靠在唱片行的外牆上喝完咖啡就各自回家。分別時她還半開玩笑說，今天的事別告訴彌生。圭介也決定這麼做。

隔天起，圭介在教室裡也經常和夏實聊天。彌生有時也加入，偶爾彌生並不在場。只要彌生一走近，夏實就會很機伶地改變對圭介的稱呼。這樣的瞬間會讓圭介有種舒暢的刺激。有時候，他在課堂上也會不知不覺望著夏實的側臉；夜裡在被窩裡，偶爾他腦子裡想的不是彌生，而是夏實。遇到這種狀況時，圭介會很取巧地想起彌生的話，為自己的行徑找藉口。

「我看我別當畫家，改當個攝影師好了。」

彌生心滿意足舉起相機的表情、收在書櫃一角的那本繪本、夏實開朗的笑容。這些總依序浮現在圭介的腦海裡。

「咦？你從來沒去過彌生家嗎？」

下課時間在教室裡，夏實驚訝地睜大眼睛。

「只在門口張望過店裡。有一次跟她說想去她房間看看，就被回絕了。」

「為什麼？」

圭介挑了挑眉，表示他也不知道。

「是不是因為房間太髒亂呢？」

他半開玩笑回答，夏實卻同時用力搖頭、揮動雙手。

「整齊得很啊。我大概去她家玩過三次吧。她的房間還不小，差不多有四坪大，牆壁上還用她自己拍的照片裝飾，好有品味，讓我好羨慕哦。」

「是哦……」

難道比起中學時期就認識，而且還曾經接吻過的圭介，彌生內心更信賴高中才認識的同性朋友嗎？

「不要擺出這種表情嘛，欸，好像我在欺負你一樣。」

夏實伸出手，拉著圭介的手臂晃啊晃。然後她上半身挨過來，把臉湊近像要說什麼悄悄話，跟圭介之間的距離近到連呼吸都感覺得到。

「你下次試著跟彌生說要到她家喝咖啡。她爸爸好像很喜歡沖咖啡給客人喝，我每次去他都……」

這時，突然有個聲音在叫夏實。

一轉過頭，彌生就站在圭介後方。眼中卻不帶一絲笑意。夏實趕緊收回原本抓著圭介手臂的手，同時對彌生露出笑容，似乎在說她來得正好。

「剛好講到妳家……」

「妳要提早去生物教室吧？今天妳不是值日生，實驗之前要先準備嗎？」

「啊，對哦。」

夏實用力把椅子往後推，站起身來，靈巧地穿過一群談笑的同學之間衝出教室。圭介轉過頭時，彌生已經不見人影。只見她慢慢從教室反方向的門走去。

下一節課中彌生整節課都盯著生物教室的桌子，緊緊抿著雙唇。臉上沒有任何表情，看來完全沒在聽老師講解。圭介頭一次看到她這副模樣。下課時兩人眼神剛好交會，但是她立刻移開視線。她不是閃躲，而是直視了圭介一眼後，就低下頭。

過了一個週末，星期一一早夏實的座位就空著。圭介印象中這是她第一次請假吧。雖然有些好奇，卻猶豫不知該不該問其他人，最後乾脆假裝沒這回事。下課時他跟彌生聊天時也沒提到夏實。彌生也一樣。

隔天夏實還是沒上學。又隔了一天仍舊沒見到人。連續請了三天假，以朋友的立場就算好奇也很正常，圭介便向彌生打聽。

「我不知道。什麼都沒聽說。」

彌生這樣回答。但不明就裡的圭介，卻覺得她應該「知道什麼」，應該「聽說了什麼」。或許是彌生一瞬間游移的眼神讓他有這種感覺，也可能是因為彌生在回答之前曾經微微張了口，卻又立刻閉上嘴，幾秒鐘之後才回答。

結果，整整一星期夏實都缺席。

又過了一個星期的星期一，導師才告訴全班同學夏實要轉學的事。

「好像因為家裡的緣故要搬家。」

導師在講台上說完，面對同學們的發問卻回答得很模糊。當時導師應該也不了解實際的狀況吧。不是校方隱瞞不告訴導師，相信多半是夏實的父母沒告訴校方真相。

彌生說她對夏實要轉學的事情一無所知。但她在回答之前眼神又游移不定，彷彿在池子裡找尋逃生路線的小魚。

課堂上，圭介望著雲很低的冬日天空，一邊想著夏實，心上就像多了個陰暗的破洞。他趴在洞穴邊緣，嘆著氣望向洞內，發現裡頭比他想像中來得深，一片漆黑見不到底。如果從彌生手中奪走相機，她也會有相同的感覺嗎？想到這裡，圭介立刻發現竟然拿人和物品做比喻，覺得自己太差勁，忍不住咋了下舌。然後又發覺自己這個咋舌的行徑太過偽善，再咋了下舌。教室窗外的天空灰濛濛，感覺快要下雨了。

那天放學之後，圭介邀彌生到家裡。他說很久沒一起讀過那本繪本了，彌生一聽便爽快答應。不知不覺頭頂上的烏雲越壓越低，籠罩整片天空。沒多久就會下雨吧。

身穿運動外套的兩人，肩並肩走出車站時，雨滴開始落下。商店街走到將近一半時，前方的石板上突然落下一滴黑點。圭介納悶之下抬起頭，一滴冰涼的雨水剛好滴在眼皮上，嚇了他一跳，旁邊小餐館的屋簷上已經發出滴滴答答的聲響。

圭介跟彌生停下腳步，對看了一眼。下一刻兩人沒打任何暗號，全憑默契就同時在商店街的走道上往前衝。吸飽水氣的柏油路面上散發著潮溼的氣味。雨勢越來越強，圭介跟彌生的腳步也跟著加快。圭介邊跑邊聽著身旁彌生的腳步聲，同時想到自己在冰冷的雨水洗滌下變得好清新，感覺好暢快，呼出白色霧氣的嘴唇不自覺微微上揚。即便圭介沒轉頭看，也知道身旁的彌生一定也露出同樣的表情。兩人在雨中肩並肩狂奔，不時會碰到彼此的手背、手肘。圭介喜歡彌生，而且很奇怪的是他也喜歡自己。在大雨的商店街上飛奔時，圭介甚至心想，日後當自己回想起此時此景，說不定會懷念到掉眼淚。

衝回家之後，圭介拿出兩條大毛巾，一條遞給彌生。氣喘吁吁的彌生接過之後，癱坐在廚房的地板上，圭介也跟著坐下。彌生的呼吸中夾雜著細微的輕喘，一邊用大毛巾包住一頭烏黑短髮，大毛巾的兩頭包住她的下巴，她靜靜地一動也不動。溼透的制服短裙緊貼著肌膚，讓她在地板上伸長的雙腿相形醒目。過了一會兒，彌生拿起大毛巾擦拭頭髮和頸子，隨著她的一舉一動，露出大片陶瓷般的肌膚。圭介在呼吸尚未恢復平靜中，歪著頭窺探彌生。彌生一抬起頭，發現到他的眼神。但她裝作沒看見，不著痕跡地把裙子拉好。圭介也順勢抬起頭。說時遲那時快，彌生的眼神也投向圭介，就在瞬間四目交會。當年兩人靜靜製作繪本時，那股有些痛楚卻又全身獲得自由的暢快，朝圭介的胸口襲來。他說不出話，甚至喊不出對方的名字，圭介就像受到吸引，往彌生身邊挨去。彌生微微睜開眼睛，輕輕張開嘴想要說些什麼，卻什麼也沒說。

那一天，圭介頭一次感受到女性的體香。彌生在斑駁的榻榻米上緊閉著雙眼，縮起手臂，但雙手仍緊緊抓著圭介的肩頭。拉起窗簾的窗外，如雜訊般的雨聲持續不斷。

## （六）

「圭介，跟你說一件事。」

隔一週，接近寒假的某天下課時間，富澤突然湊過來。

他告訴圭介聽說了夏實轉學的原因。看到他帶著些微不安的表情，圭介問他：「到底是為什麼？」

「好像有人欺負她。」

圭介一瞬間像是失去了感覺。

「就是被人惡整了啦。」

「惡整？是……」

「詳情我也不知道，總之，聽說她被關在某個空倉庫還是工廠裡，全身被剝光，倒是沒遭到『那個』，但是被拍了照片。好像是跟她上同一個補習班的人聽她親口說的。」

然後，聽到這番告白的朋友的朋友，跟富澤剛好在電玩遊藝中心認識，才告訴富澤。

「真的嗎？」

「不確定啊，畢竟是轉好幾手的消息。不過，她當初轉學也太倉促了吧，所以我覺得可能是真的。如果遇到那種事，真的會想搬家呀，在這地方怎麼待得下去。」

「誰會做這種事？」

「她好像沒看到對方的臉。」

圭介的胸口就像被一根粗棍重重抵住，無法呼吸。唯一慶幸的是聽說夏實沒遭到強暴。她大概沒報警吧？既然沒看到對方的長相，可能覺得就算報案也沒用。與其報警，夏實選擇了只告訴身邊的朋友，然後迅速轉學。

原來是這樣啊。圭介總算懂了。彌生可能也聽夏實說過這件事。她知道好友發生了什麼事，所以之前當圭介問起夏實缺席及轉學的原因時，她才表現得那麼不尋常。

「富澤，這件事你還跟其他人說過嗎？」

「只有跟昌樹說過。不過，我也不想讓太多人知道，我還半威脅電玩店那個朋友不可以再說出去，跟昌樹也交代過不能告訴其他人。」

「我也當作沒聽過。」

圭介認為最好連彌生也別說。

後來這個小道消息似乎也沒在學校裡散布，直到結業式的星期五那天，都沒聽到身邊有人在談論夏實轉學的那件事。在學校這個小世界裡，通常小道消息只有兩種下場，一是靜悄悄，另外一種則是沒多久就傳遍校園。總之，圭介暫且鬆了一口氣。還好在學校裡聽到夏實不幸遭遇的第一個人是富澤。這小子腦袋雖然不太靈光，心地卻很善良。

寒假裡的一個週六午後，圭介邀彌生來家裡。彌生的背包裡照舊放著那台單眼相機。彌生喝了茶，拍下幾張圭介的照片，然後兩人實現了上週沒能實現的約定。他們拿出那本繪本，從第一頁開始仔細閱讀。兩人並肩坐著，在讀到最後一頁時，他們的身體再度交纏在一起。彌生在圭介的身體下方，眼角溼潤。圭介問了她哭泣的原因，她只是默不作聲搖搖頭，然後緊抓著圭介肩頭，把圭介拉向自己。

「我是不是把相機忘在你家啊？」

那天晚上，彌生打電話過來，語氣有些焦急。快到九點，圭介的母親差不多要回家了。

「相機？」

圭介環顧屋內，沒看見彌生的單眼相機。在拿起話筒回覆之前，為了保險起見他又探頭瞄了一眼矮桌底下，就掉在那裡。

「找到了，就在矮桌底下。」

聽得出來在圭介說完後，彌生輕輕吐了一口氣。

「我現在過去拿。」

「現在？明天再拿不就好了？」

圭介明天也跟彌生約好了。兩人要搭電車到距離三站外的公民會館，參觀在那裡舉辦的世界童書展。

「沒關係啦，我現在過去。不好意思，這麼晚去打擾。」

「是沒什麼關係啦。不過妳今天還要用相機嗎？」

「倒也不是……」

彌生支吾其詞，然後又不作聲了。雖然才幾秒鐘，但感覺得出這陣沉默透露的些微猶豫。彌生心中顯然有些不可告人的想法。

「明天再拿啦。妳放心，我不會亂動。」

圭介伸長了手把相機拿到身邊。一舉起來發現頗有重量，果然是單眼相機。彌生似乎又躊躇了一會兒，最後總算答應，掛掉電話。

掛了電話後，圭介低頭看著腿上那台彌生的單眼相機。

既然今天晚上用不到，為什麼彌生還要特地來拿回家呢？

而且都已經這麼晚了。

一方面覺得莫名其妙，但此刻圭介腦中浮現的是過去當夏實表示親近時，那個心意不定的自己。難保彌生沒有這樣的情緒。照片裡是不是有其他男生呢？有她跟其他男生的合照？接二連三的想像，讓圭介不知不覺有一種整張臉被罩住的窒息感覺。他看看牆上的時鐘，還不到九點，印象中車站前面的照相館招牌上寫著營業到九點。

不如拿去沖洗，看看那卷底片上拍了些什麼吧。如果明天彌生怪罪，就說是想早點看到自己的照片，反正這卷底片本來也要洗出來，早一步應該沒什麼問題才對。

圭介站起身，在好奇心的驅使下衝出玄關大門。他根本想像不到，自己此刻的行為會帶來什麼樣的結果。夜裡外頭的空氣冷冰冰。

隔天早上十點，彌生來到約定的車站前圓環等待圭介。

萬里無雲的冬日早晨，彌生舉起手擋住陽光，露出笑容。圭介看了卻沒報以笑臉。

彌生的單眼相機就在他的背包裡。

「這個還妳。」

圭介把相機遞給彌生。她接過相機，正想開口時，一看到圭介的表情就硬生生把話吞回去。彌生雙手將相機抱在胸前，盯著圭介好一會兒，突然倒抽一口氣，迅速翻過相機檢查裡面的底片。發現底片不翼而飛後，她立刻抬起頭看向圭介，眼神就像一把強韌的利刃。

「我不會告訴其他人。」

圭介輕輕動了下嘴唇說道。

聽到這句話，彌生似乎完全放棄辯駁，接受眼前的事實。她像是洩了氣的氣球，在最後一絲空氣流盡後，淡淡嘆口氣點點頭。一對夫妻帶著孩子，走過旁邊時還發出高聲歡笑。彌生緊握著胸前相機的雙手用足了勁，眼看著指尖都泛白。最後，圭介終於聽見她發出細微拖著尾音的哭泣，聲音就像破舊門上生鏽的鉸鍊。她的瀏海、瘦弱的雙眼，都不停顫抖。緊咬著牙，使得淚水從她唇邊滑落。但圭介仍不發一語，丟下她一個人轉身離去。這真是一場寡言的離別。圭介心想，這輩子應該不會再跟她說話了吧。

那天一大早，圭介就先到照相館。

拿到昨晚臨時送去沖洗的照片時，照相館老闆的眼神似乎有事想問圭介。但圭介假裝沒發現，趕緊付了錢就離開。那雙眼睛到底想說什麼？他從來沒有自己拿底片來沖洗過，不知道究竟做了什麼怪事，難道依照他認知的順序卻哪裡出錯嗎？他感到納悶的同時，一邊從袋子裡拿出剛洗好的照片，一張張瀏覽。

路邊的狗尾草。等候公車的乘客。帶著笑容的圭介。用定時器設定自動快門拍下的圭介與彌生。像拍證件照一臉正經僵硬的圭介。到附近海灘散步時的景色。扮鬼臉挺出下巴的圭介。在速食店上完洗手間走出來的圭介。……這些是放在前面的照片。至於最後幾張則是昨天剛在圭介家拍的。

另外有三張是夾在速食店跟圭介家拍的照片之間。一看到這三張照片，圭介就感覺到四周的景致在瞬間變得一片空白。至今只要一聽到「恐怖」、「怨恨」這類字眼，仍會想起那一刻的情緒。

第一張場景好像在一處廢棄工廠。畫面很清晰，但散落在地上的空罐、零食包裝袋都有清楚的影子，看得出來是在暗處用閃光燈拍下的照片。閃光之中，大概在畫面正中央的位置，出現雙眼被遮住的守谷夏實，癱倒在地上。下半身穿著便服短裙，但整條裙子幾乎都被撩起來。因為焦距模糊的關係，看得不太清楚，但她露出的兩條大腿之間好像沒穿內褲。第二張，是夏實的特寫。胸前是敞開的，兩隻手被綁到背後，在腰際露出一小段繩索類的東西。第三張，是夏實的背部。上半身繞著粗粗的繩索，然後繞到腰後纏幾圈，在雙手手腕處打個結。

富澤先前說的話突然在圭介耳際響起。

「倒是沒遭到『那個』，但是被拍了照片。」

這下子一切都說得通了。夏實當然沒有遭到性侵，因為這本來就不是最主要的目的。話說回來，就算有這種想法嫌犯也無能為力。

「她好像沒看到對方的臉。」

當然啦。要是一露臉就完蛋了，因為對方是夏實的熟人。

「如果遇到那種事，真的會想搬家呀。」

這才是彌生真的目的吧？

直到高中畢業，他都沒再跟彌生說過話。偶爾眼角察覺到她陰鬱的眼神，但圭介絕對不用正眼瞧她。

然而，讓圭介無法理解的是他對彌生的感情並未散去。當然，他不可能原諒她，但他還是喜歡彌生。每當獨處時，他心中總是充滿了彌生的一顰一笑、聲音甚至氣味，讓他好想哭。高中畢業之後，圭介說服母親讓他隻身前往東京，或許也是為了想就此忘掉彌生吧。

事隔十四年，圭介至今仍不時憶起彌生。然後胸口就感到一陣悸動。

## （七）

杯子裡的咖啡早已涼了。

圭介抬起頭看看窗外。雨依舊打在正門那棵耶誕樹上，不過雨勢倒稍微小一些。他看看手錶，下午五點半，距離同學會約定的時間還有半小時。

彌生會來嗎？

他下意識地從包包裡拿出邀請函。紙張因為吸收溼氣，變得有些膨脹。寄給彌生的邀請函信封上，全名會寫什麼呢？不知道她是不是已經結婚冠夫姓呢？圭介出神地想著這些沒什麼意義的事。

天花板喇叭傳來的曲子又換了好幾首。有Wham!二重唱的〈Last Christmas〉、Irving Berlin的〈White Christmas〉，然後又再次響起〈Rudolph The Red-Nosed Reindeer〉的前奏。這跟他剛到飯店時聽到的編曲不太一樣，是由一個聽起來還滿舒服的男聲主唱。圭介傾聽這個聲音，同時想起自己跟彌生共同創作的第一本繪本。

他端起咖啡杯，啜了一口冷咖啡。嘆口氣，把咖啡杯放回盤子上。

這時，他的手突然停下來。

頓時陷入深思，雙眼聚焦在空氣中。

自己此刻想到的事會不會是個莫名其妙的幻想呢？有沒有可能只是因為太執著於回憶，所以才產生出一塊根本不存在的拼圖？

不對，還是有可能。此刻想到的這件事，機率未必是零。

他想確認一下，現在就找到本人確認！圭介再也沒耐心繼續在這裡坐下去。他這麼想。而且在冒出這個想法的同時，身體已經不由自主推開椅子站起身。他隨手一把抓起大衣跟包包，就穿過大廳朝正面玄關走去。

「您要搭計程車嗎？」

圭介搖搖頭後，叫住他的飯店服務生立刻遞上一把印有飯店商標的雨傘。圭介向他簡短道謝後，推開玻璃旋轉門衝出飯店。這時，突然感覺右側有一道刺眼的白光照著自己的臉。等到圭介察覺那是計程車的車頭燈時，一瞬間「砰！」一地一聲感受到強烈的撞擊。

他手上的包包跟雨傘在空中飛舞，視線天旋地轉。

當圭介倒在溼透的地上時，他聽見有人高聲大喊。

## Track 2: I Saw Mommy Kissing Santa Claus我看見媽咪親吻耶誕老公公

（一）

彌生收起傘，呼出一口白色霧氣，接著跟先生一起鑽進計程車。告知目的地之後，頭髮花白的司機先生透過後照鏡詢問。

「車子要停在飯店正門嗎？」

「是的，麻煩停在前門。」

「前面正門，了解。」

這種天氣靠海邊的正面入口可能會排了一整排計程車，但彌生很想看看在門口的耶誕樹。在雨中變得朦朧的燈飾，看起來一定很美。不單是在情感上，這類視覺刺激對她的工作也很有幫助，通常她會盡可能多看、多觀察。

高中畢業之後，彌生先在一家設計事務所打工，現在則是獨當一面的插畫家。工作內容主要是書籍的裝幀設計跟插畫，雖然不算太忙碌，但這幾年案子陸續增加，還滿順利。

彌生實現了往日的夢想。

計程車轉到大馬路上。彌生舉起手腕看看手錶，五點二十分。同學會開始的時間是六點，從這裡到飯店車行距離大約十分鐘。

「好像有點早。」

彌生看著丈夫。丈夫伸出左手，疊在彌生放在裙子上的右手。

「在大廳喝杯咖啡吧。說不定有其他同學也早到了。」

彌生翻過手掌，跟先生十指交扣，看著窗外。太陽已經下山，車窗上的水滴在對向來車的車頭燈照射下閃閃發光。

「富澤寄來的同學會邀請函上，把我的名字改成正木彌生啦。」

她忍不住露出微笑，丈夫也跟著輕輕笑了。

「沒寫錯呀。」

「是啦。不過，一想到由富澤來寫這個名字，總覺得怪難為情的。」

彌生是在今年夏天結婚。兩人只到了區公所登記，買了一瓶廉價紅酒獨自慶祝，是一場極簡單的婚禮。冠夫姓之後開始留的頭髮，現在已經長過肩膀。

計程車遇到紅燈停下來。車內只聽得到雨刷來回擺動的單調聲響，暖氣的高溫讓腦子昏昏沉沉。感覺得到司機發出無聲的呵欠。

「開個收音機吧？」

司機先生發問時，早已把手伸到收音機開關上。可能是覺得有點睏了，想聽點音樂提神。徵得彌生同意之後，他便打開收音機開關，連續按了兩三次選台按鈕，直到傳出爵士節奏的鋼琴演奏才停下手。

一開始聽不出是什麼曲子。不過，聽到鋼琴重複演奏一小段重複旋律，然後響起女聲唱起英文歌詞後，彌生忍不住發出輕聲驚呼。

這首曲子，好懷念哪。

「這首歌的英文版跟日文版，歌詞不太一樣唷。是我念大學的兒子告訴我的。」

後照鏡裡的司機先生說道。聽得出來他的語氣中帶點驕傲。彌生靜靜點了點頭，豎起耳朵聽著喇叭流瀉出來的樂曲。沒錯，這首歌原來的歌詞跟日文翻譯的內容稍有不同。

很久很久以前，為了實現那個幼稚夢想而創作的繪本。在《蘋果布袋》之後，下一本很重要的作品，名叫《光之箱》，就是根據這首歌的英文版歌詞寫成。

「日文版歌詞最後揭曉了『耶誕老公公原來就是爸爸』，但英文歌詞就不一樣了。歌詞裡的小男孩直到最後，都還沒發現耶誕老公公的身分呢。」

司機先生心情很好，侃侃而談，但他突然停下話，偏著頭思索。「究竟哪個版本比較好呢？」

彌生不置可否地搖搖頭。這時，她聽見身邊的丈夫輕輕嘆了口氣。

## （二）

彌生是在中學開學典禮那天認識圭介。

典禮結束之後，學生依照指示要回到各自的教室，一大群人鬧烘烘地走出體育館。只有一個男生走得特別慢。起初彌生以為他腳痛，但看來並不是，他好像是刻意放慢速度。彌生雖然有些好奇，之後也跟上大家一起離開體育館。

走進教室所在的大樓，穿過一樓走廊正要上樓梯時，彌生聽到後方突然有個聲音。轉過頭看看樓梯下方，走廊牆邊有個男生蜷著身子，就是剛才那個人。

看到他的雙眼時，彌生倒抽了一口氣。

她太熟悉那個眼神，是她曾看過的眼神。在鏡子裡，在照片裡。那個眼神擺明了是將沉重情緒封閉在另一個地方，拉起一層薄膜遮掩的眼神。

後來，彌生對於同班的圭介就特別留意。

他幾乎每天都遭受班上同學施暴，而且情況越來越嚴重，正當覺得事態快要不可收拾時，卻又稍微平靜一些，然後再次越演越烈……。圭介好像長期遭受那群同學的欺凌，正因為如此，才會隨時露出那種眼神。

彌生想跟他交談，卻又很害怕。擔心自己好不容易才維持住平衡的心，會因為接近有著相同眼神的他，一下子又失去平衡，受到破壞。說不上來，但就是有這種感覺。

彌生第一次跟圭介交談，是在某個深秋的日子。放學後，她在一地落葉的步道上，把自己畫的畫拿給圭介看。那是她為了忘掉心中悲傷而畫的畫，就是這些畫，讓她咬著牙努力支撐自己差點毀掉的心。

隔天開始，彌生幾乎天天到圭介的家。兩人決定將圭介先前寫的耶誕節故事製作成繪本。名叫「蘋果布袋」的這個故事，似乎充滿了圭介寂寥的情緒。彌生一邊思考，一邊將腦中浮現的形象畫在圖畫紙上。

每次憶起那段時光，都有種又開心、又哀傷的感覺，整個心都像揪成一團。在圭介家喝著他端出來的茶，偶爾隨意聊幾句，一邊畫圖，似乎所有煩心的事都能拋到九霄雲外。比起先前一個人揮動著彩色鉛筆時能忘卻的煩惱更多。正因為這樣，一回到家想起那些辛酸就更痛了。

兩人的繪本完成後，圭介又寫了一個新的故事送給彌生。這是她第一次收到男生送她的耶誕禮物。在圭介送她的這個名叫《光之箱》的故事裡，已經感覺不到他落寞的情緒。這是一個開朗、有朝氣、有夢想的故事。彌生對此感到很欣慰。

《光之箱》是兩人共同創作的第二本繪本。這本書到現在都靜靜躺在自家書櫃的一角。

升上高中之後，彌生多了新的興趣跟好朋友。

攝影，還有守谷夏實。

當時彌生當然渾然不知，認識攝影跟夏實會讓自己陷入什麼樣的遭遇。

如果她早就知道，大概根本不會想碰攝影，應該也不會接近夏實吧。

彌生跟夏實很有話聊。在學校聊不夠的還會講電話，有幾次夏實還臨時造訪，到家裡來玩。彌生很喜歡她，光是看到她，跟她聊聊天都很開心。夏實跟彌生的個性完全相反，她非常外向，對任何事情一有興趣，就會毫不猶豫付諸行動。無論對人，或是對事物。

夏實是何時開始跟圭介變得親近呢？她平常在眾人面前用姓氏稱呼他，但兩人獨處時就直接叫他「圭介」。夏實以為自己掩飾得很好，但彌生早就知道。夏實很男孩子氣，個性大而化之，或許她不懂女生的耳目有多麼敏感。

當彌生知道夏實會很機伶地切換對圭介的稱呼之後，在彌生心底就產生了一團陰影。面對面和她聊天時還是很愉快，但獨處時總會以陰暗的眼光瞪著腦中角落夏實留下的殘影。遇到這種狀況，彌生會很厭惡自己內心的那個女人。

## （三）

那件事發生在高二的冬天，就在結業典禮不久之前。

星期五，彌生跟圭介逛完書店，兩人到速食店吃了漢堡之後，彌生就回家。晚上八點多，跟車站有點距離的路上很昏暗，也沒什麼行人。彌生呼出一口白色霧氣，走在路上似乎只聽得到自己的腳步聲。就在她快要來到一處丁字路口時，看到前面那條路上有個人，由右到左穿越，那人長得好像夏實。彌生感到納悶，加快腳步，不過因為怕認錯人就沒開口叫住對方。她走到丁字路口時，仔細看看對方的背影，果然應該是夏實。正當彌生微微開口要叫住她時，突然一陣躊躇。

跟圭介見面之後再和夏實交談，感覺有一種說不出的懊惱。一陣冷風吹過，彌生輕輕撫摸自己緊抿的嘴唇。上頭還留有先前道別時跟圭介嘴唇輕輕碰觸的觸感。

彌生在路邊停下腳步，這時右手邊有個男人走過來，昏暗之中隱約看見的那道身影，讓彌生大吃一驚。只見男子雙手插在大衣口袋裡，駝著背、頭戴深色毛線帽，還戴著墨鏡，下巴周圍圍了一條淺色圍巾，看起來像是長了鬍鬚。彌生屏息盯著那名男子的側臉，目送他的背影離去。

會不會認錯人了？

她想了想，又轉往回家的路。

一回到家，媽媽正在客廳織著蕾絲。媽媽一看到彌生走進家門，給她的回應是陰鬱的眼神和嘆氣。織蕾絲對媽媽來說，就像過去彌生在房間裡用圖畫紙畫出那些天馬行空的幻想，都是逃避現實的方式。因為沒有其他避難的地方，用這個方法至少能裝作好像還有個去處。

走廊盡頭的店面，燈已經熄滅。

「爸呢？」

彌生問道。媽媽慢吞吞地編織著蕾絲，宛如呼吸困難地回答：「他去進貨廠商那邊，說人家臨時找他吃飯。」

「是哦……」

彌生心裡覺得毛毛的，但她刻意不去面對，轉身準備上樓回到自己房間。才踏上第一階，就聽見媽媽對她說。

「妳朋友剛剛來過哦。就是之前來過幾次，那個長頭髮的女生。」

「夏實嗎？」

「對，就是夏實。她說剛好到附近就繞過來看看，不過妳不在家，她朝店裡探頭看一下就回去了。」

彌生下意識收回正要往階梯上爬的腳，等到她回過神來時，自己已經在玄關穿好鞋，連背包都沒放下就衝出門。

直到現在，彌生偶爾還是會想。

如果當時自己沒發現，事情會怎麼樣呢？如果她跟耶誕歌裡的小男孩一樣，沒發現蒙面的男子是自己的爸爸，結果會怎樣？

彌生快步走在夜晚的小路上，腦中想起自小的那段不堪回憶，就像以高倍速播放的電影一樣，一幕幕呈現。在滿滿的畫面中，有時穿插著雜訊。

一開始覺得「怪怪的」，是在她小學三年級的夏天。不懂為什麼爸爸要拍自己沒穿衣服的照片，不懂為什麼叫自己要把雙腿張開。他口中的「好美」是什麼意思呢？但是，從頭到尾彌生只問過一次。就在彌生發問的那天晚上，媽媽的臉又被打了一頓，而且比平常更嚴重。在走廊暗處看到那副景象的彌生，把此刻在母親身上發生的暴力，自行在腦中和其他片段連結起來，包括她稍早對爸爸提出的疑問，以及在支吾其詞之後眼神混沌盯著空氣的爸爸。這樣的聯想能力幾乎是出於本能。具體來說，到底有哪些事情，又是怎麼連結起來，當時的彌生並不懂。但她了解這幾件事情之間都有相關性，而且也知道自己從此不該再提出這個問題。

爸爸第一次對媽媽施暴，是在彌生小學一年級左右，開始被拍照的那段時期。因為飲酒過度加上不懂得保養身體，爸爸不到四十歲就罹患糖尿病。當然，念小學的彌生並不知道糖尿病這種疾病，半夜聽到樓下爭吵聲中爸爸不屑地說自己「沒有用」，她也不懂代表什麼意思。直到彌生長大之後，媽媽才告訴她爸爸因為糖尿病而出現性功能障礙。

媽媽毫不反抗，每次她只是隨著爸爸的動作，配合著晃動自己的頭。雙眼空洞無神，像是罩上一層薄膜。彌生升上中學後，便在鏡子裡發現同樣的眼神。

媽媽、彌生，還有圭介，大家都有相同的眼神。

彌生在爸爸面前照舊脫下衣服。她拚命裝作沒看見自己體內漸漸成長的那個女人，一邊蹲下，雙手抱膝，張開雙腿。內心的那個女人對於這件事不但憎恨爸爸、憎恨彌生，也憎恨從來不吭聲的媽媽。可惡！她明明都知道！她明明都知道！

她明明都知道。

但是，她沒辦法對媽媽訴苦。光想要這麼做，耳邊就會響起媽媽有史以來被揍得最慘的那次痛苦呻吟。

唯一能讓彌生的心靈獲得解放，就是當她面對圖畫紙畫圖，這是她打從幼稚園時期的興趣。她倚賴這段僅有的時光，一天過一天。

彌生在中學快要畢業之前，第一次反抗爸爸。爸爸一如往常來到彌生的房間，從盒子裡拿出相機時，她突然對他說出先前早就想好的話。「我不想再讓你看到我的身體，也不再讓你打媽媽。要不然，我就去死。」

這是為了媽媽所做的抵抗。還有為了自己，以及為了圭介的抵抗。

爸爸彷彿像面對第一次見到的人，從房間另一側直盯著彌生好一會兒。彌生的雙腳不停發抖，嘴唇顫動，以為自己快要站不住了。這時，爸爸的表情出現變化，只見他的臉就像被捏歪的黏土，兩頰突然用力往上提。他笑了。然後一句話也沒說，轉身離開房間。

從那天起，他不再對媽媽施暴，也不再要彌生讓他拍照。但轉變後的爸爸讓彌生感到很害怕。他的眼神隨時都像深不可測、通往任何地方的洞穴，並且帶著一片漆黑，彷彿洞穴裡從岩縫噴出的毒氣。媽媽大概也有相同的感受，所以即使不再受暴，她雙眼上那層逃避的薄膜依舊不曾剝落。

彌生繞了好幾個彎，拚命找尋夏實跟爸爸的蹤影。她上氣不接下氣，焦急加上困惑之下，完全無法思考。雙腿不住搖晃，只好扶著旁邊的水泥牆。一低頭，淚水就滑過冰冷的臉頰。

就在一瞬間，她聽到類似叫聲的聲響。

彌生抬起頭，夜晚漆黑的深處，就在以肉眼能判斷的最遠處，發現爸爸的背影。只見他蜷著背，消失在黑暗裡。彌生沿著水泥牆往前走，不一會兒來到圍牆的盡頭，然後是一道生鏽的鐵門。爸爸剛才就從這裡走出來的吧？

彌生嘗試用力拉開門。摸起來觸感冰冷的大門，發出軋軋的聲響。好像就是剛才聽到的聲音。彌生穿過大門，環顧四周。她對這個地方有印象。這是一間廢棄工廠，以前是做金屬加工的，在彌生上中學左右就停工了。彌生走到工廠旁邊，找尋入口。她立刻發現，朝左右敞開的大門有一邊的鉸鍊壞了，門板歪斜，而且沒上鎖。

「夏實……」

彌生穿過大門進入之後高喊。四周伸手不見五指，好像塗滿了黑油。但是並沒有任何回應。彌生伸手摸索，一邊在黑暗中前進。腳尖突然踢到什麼，不知道是金屬零件還是工具之類，掉到水泥地上發出硬邦邦的撞擊聲。

「夏實。」

彌生又喊了一聲。還是沒聽到回應，眼前只有沉默的闇黑……

不對，有個極細微的聲音。但那並不是回應彌生的叫喚，甚至不是刻意發出的聲音，而是忍不住從緊閉的嘴裡發出來的。是哭聲。抽啜聲。

「夏實！」

彌生試著又叫一次，但黑暗之中回應的依舊只有啜泣聲。即便如此，也足夠讓彌生判斷出方向，她伸出雙手，在地面上拖著腳步，往聲音的方向前進。一具具已經廢棄的大型機械在漆黑中逐漸浮現出輪廓。夏實在哪裡呢？應該就在不太遠的地方，越來越近了。就在前面。夏實很可能就在正前方，因為哭聲就從那邊傳過來。不過，彌生沒辦法掌握到正確方向，身上什麼都沒帶，沒有手電筒，也沒有打火機。

就在彌生伸手摸索著一邊前進的同時，肩膀上的背包差點滑下來。她趕緊抓住提把，背包中的硬物撞到她的腰。對了！相機，她隨身帶著相機。

彌生掏出相機拿在胸前。她張大雙眼，緊張地嚥了口口水，用顫抖的手指按下快門。相機閃光燈就像馴鹿亮亮的鼻子，照亮前方的景象。在瞬間消逝的景象中，彌生看到夏實就在自己前面。四肢遭受綑綁的夏實。這副模樣絕對不想讓任何人看到。

彌生朝著腦中記憶的那個位置，慢慢往前走。然後她終於隱約看到就在身邊的夏實。彌生蹲下身子，輕輕碰了夏實一下。一瞬間，夏實的情緒宛如潰堤，哭了起來。任憑彌生怎麼叫她的名字，她只是一個勁地放聲大哭。

彌生心想，得先把她手上的繩索解開才行。但彌生也不知道繩索是怎麼綁的，在哪裡打結。她試圖用雙手摸索，卻只知道重複綑了好幾圈，但掌握不到結打在哪裡。

「對不起啊……夏實，對不起……」

彌生又拿起相機，按下快門。彌生牢牢記得眼前瞬間浮現的景象，夏實身體前方並沒有繩結。彌生又繞到她背後，最後一次按下快門。繩結就在腰部後方雙手交疊的地方。彌生也忍不住跟著夏實哭起來，同時努力解開繩結。都怪自己。會發生這種事情都怪自己。

在黑漆漆的廢棄工廠角落，彌生對夏實坦承所有事情。她說晚上先在路上看到夏實跟一個男人，但當時沒想到那個男人就是自己的爸爸。回家之後聽媽媽一說，才衝出家門。此外，彌生也說了她爸爸的性癖好，以及自己從小到中學的遭遇。

夏實說她不會去報警檢舉彌生的父親，因為她受不了警方對她問東問西。她抓起地上解開的繩索，然後冷不防地往彌生臉上丟。最後，她對倒在骯髒地板上的彌生說，無論在學校或其他地方，她都不想再見到彌生。

之後夏實立刻轉學。導師跟班上同學說她搬家，其實是騙人的。彌生幾次到她家門口，夏實還跟家人住在那裡。曾經有那麼一次，彌生看到她穿著其他學校的制服從大樓走出來。

那天之後，彌生再也沒見過她。後來照片被圭介看到時，彌生百口莫辯。因為兒時到中學之前的那段遭遇，說什麼她也沒辦法對圭介坦承。所以她只能低著頭，只能默默接受離別。

拍攝夏實的那卷底片，早就該從相機裡拿出來扔掉才對。彌生對自己的愚蠢不知道流過多少眼淚。但她就是做不到。因為在拍到夏實之前，同一卷底片裡還有圭介的生活照，她實在捨不得丟棄。話說回來，如果用自家店裡的沖洗機器顯影，就會連夏實的照片也洗出來。彌生實在不敢再看她那副模樣，就連一秒鐘都害怕。因為不知道該怎麼辦才好，結果那卷底片就一直留在相機裡。沒想到最後是圭介拿去沖洗，而且還看到了。

彌生什麼都沒對爸爸說。高中畢業之前，在她心中完全將爸爸抹滅。然後，她就前往東京了。看到每天夕陽不是落入大海的那一頭，而是躲進高聳的建築物之後消失不見，她就覺得好難過。彌生再次見到爸爸是大概五年前，那時，爸爸雙頰凹陷，臉色如白紙，躺在一只木棺中。聽說爸爸臨終時並沒叫任何人的名字。

（四）

「……怎麼啦？」

聽到丈夫一問，彌生才回過神來。

原來她不知不覺淚流滿面。計程車已經快到飯店，駕駛座上的收音機早已換了另一首曲子。

「抱歉啊，我沒事。」

「不過……」

「真的不要緊。沒什麼。」

彌生從皮包裡拿出手帕擦擦臉頰。司機先生打了左轉燈，車子滑進飯店正門前方。車窗上的水滴，彌生的淚水，讓大門旁邊的耶誕樹變得更眩目。

「太太，您是不是身體不舒服啊？」

司機先生伸長了脖子，從後照鏡裡看著彌生問道。

「有需要的話，飯店裡也有小型藥房，只是種類沒那麼——」

「小心前面！」

丈夫高喊。

「噫！」

一瞬間傳來沉重的撞擊聲響。幾乎同一時間響起尖銳的煞車聲。彌生驚訝地發不出聲音，屏息看著擋風玻璃前方。

一把印有飯店商標的雨傘，飄浮在空中。

這簡直就是非現實的奇妙光景。雨傘以極緩慢的動作搖晃、搖晃、搖晃，最後掉落在淋溼的地上。地上還倒著一抹人影，背部呈現極不尋常的彎曲角度，一動也不動。一下子周圍的人都聚集過來，駕駛座上的司機先生雙手遮著嘴，聽不懂他在喃喃自語說些什麼。大耶誕樹上的燈飾依序變化色彩，映著在地面上的傘及人影。

# 光之箱

「人家還不想睡嘛。」

「耶誕老公公不會送禮物給晚上不睡覺的壞小孩唷。」

媽媽把溫暖的棉被拉到小男孩的下巴下方。

「晚安啦。」

媽媽關掉小男孩房間的電燈，走到走廊上。關上房門之後，下樓梯的腳步聲逐漸遠離。小男孩在枕頭上扭過頭，從窗簾的縫隙間看著黑漆漆的外頭，發現細細的雪花到處飄散。

感覺今晚會有很奇妙的事情發生。

這時，爸爸在樓下拿晚餐剩下的雞肉配著葡萄酒小酌。他轉頭看到走下樓梯的媽媽問道：「那孩子睡了嗎？」

「是啊，總算肯睡了。咦，你怎麼還在喝啊？」

「哎呀，因為耶誕老公公得紅著一張臉才行呀。」

「你可別在完成重要任務之前就不小心睡著嘍。」

「不擔心啦，嗬——嗬——嗬！」

「你真是的……」

「嗬——嗬——嗬！馴鹿啊，現在大概在什麼地方？」

「先前經過冷得要命的蘇維埃聯邦，再越過羊兒睡覺的蒙古高原，現在剛好在日本的上空。」

「好，那就下去看看吧。金天使，你把日本地圖拿出來，銀天使，可以幫我檢查一下清單嗎？」

「啊！耶誕老公公，剛好正下方就有一戶人家是在名單上。您看，就是那棟兩層樓的房子。」

「那就從最近的開始吧。馴鹿，就去那戶人家。」

「好的！」

眼看著那戶人家的燈光越來越近，才一眨眼雪橇就已經停在屋頂。

「唷咻。」

耶誕老公公從雪橇貨架上的一堆袋子裡拿出一只小箱子，純白色的小箱子，從蓋子邊緣發出一閃一閃的光芒。耶誕老公公用熟練的動作，把箱子從頭上拋出去。一瞬間，箱子在空中解體，從箱子裡發射出五顏六色的光芒。

「完成一項啦。好，前往下一站嘍！」

「好的！」

馴鹿踢了踢屋頂上的積雪，一瞬間雪橇突然用力往上飄，不過一眨眼，雪橇已經衝上遙遠的高空。

小男孩已經熟睡。他完全沒察覺到樓下時鐘響起十一點的聲響，也沒聽見配合時間一到就走上樓梯的腳步聲。

一身紅衣的人躡手躡腳走近小男孩的床鋪，輕輕在他枕邊放了一只用白色包裝紙跟綠色緞帶包裝得很漂亮的箱子。紅衣人站在原地，直視著小男孩的睡臉大概十秒鐘。然後忍不住笑了。

「……耶誕快樂。」

紅衣人低聲說道，然後慢慢離開床邊，打開房門走出去。

就在這時。

窗外突然照進眩目的閃光。這道光線讓小男孩房間的各個角落都亮了起來。由於太過刺眼，讓小男孩一下子從夢境的世界中被拉回，倏地醒來。

小男孩連忙從床上爬起來，不知道發生了什麼事。不過，等他眨了眨眼環顧房內時，窗外射進的光線已經消失無蹤。

「剛才那道光是怎麼回事？」

小男孩發現房門稍微打開了一條縫，走廊上的燈光滲進來。小男孩心想，就是這道光令人感到刺眼嗎？他隨即下床，往門邊走去。

然後，小男孩看見了。在房門外有個一身紅衣的人，躡手躡腳靜靜走下樓梯。

「那是……」

小男孩的心臟怦怦怦越跳越快。他心想，明天到學校一定要把自己剛才看到的景象告訴跟他一起偷偷飼養小貓的朋友。小男孩盤算著該怎麼說給他聽才好呢？他昏昏沉沉的腦袋努力思索，不過，其實也不需要想多久，因為從那身紅衣聯想之下，他馬上想到自己枕邊有沒有什麼東西。小男孩趕緊回到床上，果然看到包裝精美的小箱子。

「這是……」

不會吧。不會吧。不會吧。

果然被他猜中。小男孩連忙拉開繞在箱子上的綠色緞帶，拆掉白色包裝紙，一打開箱子，裡面放的是他一直想要的……

「彩色鉛筆！四十八色的耶！」

小男孩抱著裝有彩色鉛筆的盒子，不停在彈簧床上跳來跳去。

「要去說謝謝才行！趕快……」

小男孩走出房間，跟著先前那個紅衣人也走下樓梯。

「順利嗎？」

媽媽低聲問道。

「安啦，他完全沒發現。」

穿著一身紅衣的爸爸說完之後，大大伸了個懶腰，連帶著套在下巴的假鬍鬚晃來晃去。

「好啦。接下來是……」

爸爸伸手到紅色上衣口袋裡猛掏。

「接下來？」

「別急，別急。」

爸爸拚命在口袋裡摸索，不過，其實他是刻意賣關子吧，因為上衣口袋根本沒那麼大，裡面僅放了一只上星期預先買好的木質音樂盒。

「……有嘍！」

爸爸依照自己設定的劇本，裝作好不容易找到的表情，把禮物從口袋裡拿出來。

「來！」

「給我的嗎？」

「對呀。送妳的。」

爸爸接著說：「不是什麼值錢的東西啦。今年的獎金沒領到多少，加上家裡才剛換暖氣機。不過呢，禮物的價值不在金額高低，便宜的東西未必不好。啊，有時候可能真的不太好，但要是很認真挑選，就能大大降低失敗的機率。這是我的想法啦。」

爸爸一個勁地說明，媽媽默默從他手中接過音樂盒，然後小心翼翼用雙手捧在胸前。

「抱歉啊，只能送妳便宜的小東西。」

媽媽為了回應爸爸最後這句話，伸出手用指尖把耶誕老公公的白鬍鬚稍微撩開，接著把臉湊過去。

好一會兒，兩人都不發一語。

寧靜之中只有時鐘的滴答聲。

然後，媽媽俏皮地搔著爸爸的白鬍鬚，兩人面對面輕輕笑了。先前在百貨公司買的槲寄生燈飾，在他們上方一閃一閃，好不美麗。

小男孩從樓梯扶手的空隙間偷偷窺視，仔細觀察著兩人的模樣。當然，他們都沒發現。

小男孩聽不到兩人的對話，興奮地看著這一幕低聲喃喃自語：「如果爸爸看到這副景象，一定很好玩……」

在陣陣鈴聲伴隨中，耶誕老公公一行人忙著來回於這處屋頂、那處庭院，還有公寓陽台以及河堤橋下。堆在雪橇貨架上的龐大禮物袋中，寫有「日本」的袋子已經減少許多。

「好啦，大夥再加把勁！金天使，有沒有漏掉的啊？銀天使，要好好檢查清單唷。對了，馴鹿，What time is it now?（現在幾點了？）」

「It's eleven thirty!（十一點半！）」

「哎呀呀，不太妙，要稍微加快速度嘍。」

「遵命！」

為了怕從急速奔馳的雪橇上掉下來，金色天使牢牢抓住耶誕老公公的肩頭，同時說道：「對了，耶誕老公公，在今晚這個特別的時候讓我想到有個問題一直想問您。」

「怎麼突然想到？」

「是這樣的。您每次到處發送的那個箱子，裡面裝的既不是有趣的玩具，也不是好吃的零食，更不是錢。只不過是發出奇怪光芒的箱子而已，您到底送給全世界的人什麼東西呢？」

一聽到金色天使的疑問，耶誕老公公便高聲大笑。

「喂喂喂，你這差事做了這麼久，居然渾然不知自己在做什麼？銀天使啊，教教你的搭檔吧。」

「呃……其實我本來今晚也想問您同一件事。」

哎呀呀，耶誕老公公猛搖頭。

「怎麼搞的，你們真的不知道？欸，馴鹿，你一定知道我們跑遍全世界分送的禮物，裡面到底裝什麼吧？」

「是的，我知道。」

馴鹿的語氣中有幾分驕傲。

「正因為我知道我們發送的這份禮物對人們有多重要，所以才能在每年這麼寒冷的時期激勵自己更努力。」

「好啊！不愧是馴鹿。答案是什麼呢？你能說出這份禮物的名字嗎？」

耶誕老公公知道馴鹿會說出正確答案。因為很久很久以前，早在耶誕老公公還是個世上平凡的白鬍子老爺爺時，馴鹿就一直陪在他身邊。

馴鹿用力點了點頭才回答。而且果然是能獲得耶誕老公公認可的正確答案。

「我們在全世界發送的不是玩具，不是零食，更不是錢。玩具總有玩膩的一天，零食終究會吃完，至於金錢則讓人變得醜陋。這些東西人類都不需要，根本沒有必要。對人類來說，什麼才是真正需要、真正重要，永遠不會厭煩也不會消失的呢？還有，有什麼能讓人相信，人生在世並不是孤零零的一個人？如果沒有我們發送的這份禮物，每個人充其量不過是從出生到死亡的尋常生物，只知道彼此憎恨、爭鬥，自私地生存下去。所以我們才要送給大家這份禮物，至於我們分贈的禮物，並沒有明確的名稱，也不需要有名稱，因為每個人對它都有不同的稱呼，像是『幸福』、『愛』、『驚喜』、『喜悅』、『回憶』等等，因人而異。」

「嗬——嗬——嗬，答對了！」

耶誕老公公高聲附和。金色天使和銀色天使也驚訝地對馴鹿另眼相待。

接著，耶誕老公公張開嘴大笑。

「好啦，再說一次——耶誕快樂！」

「耶誕快樂！」

一片銀白色的街道上，家家戶戶的燈光在飛雪之間就像繁星，閃爍奪目。相信沒有人能分辨得出來，究竟頭頂上的是宇宙，還是腳下才是閃亮的宇宙。耳裡聽見的是一首首歌曲，今晚，全世界將不停響著樂曲。

「耶誕快樂！」

五點四十五分左右，飯店大廳裡慢慢出現一些熟悉的面孔。彌生在露出笑容跟每個人交談時，仍不時忍不住轉頭看看飯店正門。

剛才那位司機先生不要緊吧。都是因為自己的狀況讓他分心，才會發生那種事，覺得很過意不去。

「那位司機先生不知道怎麼樣了？」

她低聲問道，丈夫輕輕笑著回答：「我看免不了得賠償飯店損失吧。」

「一定很貴吧？」

「可能哦，飯店人員還特地撐了傘怕被淋溼，應該不便宜吧。」

那只塑膠材質的耶誕老公公，一手揹著大布袋，另一隻手則撐著印有飯店商標的雨傘。剛才計程車就朝著他的側腹用力撞下去。

「印象中去年也是吧，耶誕老公公也撐著傘。」

說完之後，丈夫面有難色，身穿西裝的他把雙手叉在胸前。

「那個地方搞不好很觸霉頭啊。」

「觸霉頭？」

什麼意思呢？彌生才想問個清楚就想起來了，去年開同學會那天，丈夫也在同一個地點遇上跟耶誕老公公類似的災難，被撞倒在地。只是當時撞到他的不是計程車，好像是裝載接駁車上卸下的行李所用的推車。

「那時候服務生也被主管狠狠罵了一頓呢。」

「意思是那個地方對大家來說都很觸霉頭嘍，不論是飯店服務生、計程車司機、耶誕老公公，還是你……」

彌生回想起一年前丈夫來到自己老家時的景象。

這著實讓彌生嚇了一跳。這幾年獨自繼續經營相機店的媽媽，身體越來越差，因此彌生在同學會之前就回到老家。她準備出門前，跟老邁的媽媽在客廳喝茶，有一搭沒一搭地聊著往事時，圭介突然按了玄關的門鈴。

她很久以前就知道圭介在東京成了童話作家。她第一次在雜誌上看到「卯月圭介」這個筆名時，就立刻聯想到，隨即透過熟識的編輯查了一下這位作者的本名。結果這位卯月圭介果然就是她懷念的正木圭介。卯月，現在指的是四月，但以農曆來看就是三月，而農曆三月的另一個稱呼就是「彌生」。當彌生知道他選用了這個筆名時，忍不住感到一陣喜孜孜，說不定這表示圭介心裡還有自己。哪怕只是巧合，她也覺得心頭暖洋洋。

彌生不止一次想跟圭介聯絡，但除非她能主動說出那件事的真相，只會遭到圭介的拒絕。所以這些年來彌生只能把圭介的作品，以及刊登他受訪報導的雜誌，跟那本充滿懷念的繪本放在一起，靜靜遠觀。

然而，最後先提起那件事的竟然是同學會當天意外造訪的圭介。他劈頭就問彌生，當年那些照片是不是她用隨身攜帶的相機當光源才拍下來的，其實她真正的目的是要幫助夏實。如果真是這樣，又是誰對夏實做出那些行為。

那一天，在同學會之後彌生花了很長的時間，坦白說出高中時期發生的那件事。另外，她也一五一十說出自己在那之前的過往。
圭介聽得哭了，彌生也跟著流下眼淚。
非常漫長的一夜。

「嘿，大作家！」
富澤叫的是丈夫，彌生也一起回過頭。
「歡迎妳一起來啊，葉山……不，是正木太太。」
「一年不見啦。富澤，你是不是稍微瘦了？」
「到了這個年紀該小心身材走樣啦，我每天晚上都去慢跑。」
富澤得意洋洋地揚起嘴角。甩掉身上多餘的脂肪後，他的五官看起來比去年同學會時更俐落了。
「話說回來，圭介你還是都不會發胖耶。照理說作家不是整天都坐在書桌前面嗎？」
「哪有，最近也長了不少肉。」

「哎呀，一定是太太煮的菜太好吃了。」

富澤裝模作樣地挑著眉，看看彌生跟圭介。彌生被他瞧得有些難為情，趕緊轉移話題。

「去年同學會也是個下雨天吧？不是夏天雨季也連續兩年都碰上雨天，該不會因為主辦人富澤是個雨男吧？」

富澤聽了之後，不知為何刻意避開眼神。同時答道：「呃……其實呢，不是這樣的。」

「不是這樣？……嗯？富澤你不是主辦人嗎？」

「我說的不是這件事啦。」

不知不覺富澤背後已經聚集了多位同學，大夥好像排成一排，同時注視著彌生和圭介。

「抱歉，我騙了你們倆。」

富澤抬起頭說。

「今天這場其實不是同學會，是幫你們倆辦的慶祝會啦。之前夏天你們寄來通知，說已經結婚但沒有公開宴客，所以大家擅自作主，辦這場聚會幫你們慶祝。」

富澤解釋的同時不時窺探兩人的表情，後方一整排同學也很在意彌生與圭介的反應，大家的表情都有點尷尬。彌生忍不住轉過頭看看圭介，他似乎事先也毫不知情，瞪大了雙眼。

「我就覺得怪怪的……哪有人連續兩年辦同學會嘛。」

聽到圭介喃喃低語，富澤豎起拇指比了比背後。

「我話可是說在前頭，你們倆要是不賞臉，這下子就難收拾嘍。因為不但訂好了自助餐會的會場，還連『百年好合』的布條都準備好了呢。」

「居然還有布條……」

「哦，可不是我出的主意。這次不是我籌備的，是她唷。」

富澤挺了挺下巴指著前方，彌生見狀大吃一驚。這個人雖然跟以前比起來稍微豐腴一些，但如假包換就是守谷夏實！去年的同學會上倒沒見到她。

變得成熟的夏實露出促狹的笑容說：「我一聽到彌生跟圭介結婚，就想著一定要幫你們倆慶祝才行。」

「夏實……」

彌生一時語塞。夏實輕輕走到不知所措的彌生身邊，然後把嘴巴湊到她耳邊，壓低聲音飛快說了一句只有彌生聽得到的話。

「我猜想，該不會因為我的事害你們倆沒辦婚宴吧？」

沒錯。正如夏實所說。彌生一直以來對於自己及父親害得夏實得承受如此可怕及痛苦的經歷感到懊悔，因此就算她後來決定嫁給圭介，也從來沒想過要廣邀親友大肆慶祝。

「對了，跟你們介紹一下，這是我老公。」

夏實一派自然地揪住身旁男子的衣袖，把他拉到彌生面前。這個人，是誰呢？感覺好像有印象。五官清秀的俊美男子。

富澤在一旁伸出手，搭在男子肩上。

「這小子沒跟我們同班，可是你們一定常聽過我提到他的名字，他就是昌樹啦。」

「哦……」

對耶，想不起來他姓什麼，應該是隔壁班的同學。

「你們……結婚啦？」

令人意想不到的發展，讓彌生只能低聲喃喃，同時眨著眼。

後來在酒過三巡之際，才聽夏實說在她轉學後山岡昌樹突如其來跑到她家，向她表白。

「聽說他從富澤那邊知道我發生了那件事。」

夏實說明。

「然後，因為他非常擔心，所以乾脆跑到我家。他在關心我的同時對我產生好感，我也發現自己喜歡上他了。」

兩人現在已經有個念小學的女兒呢。

我沒跟我老公說妳爸的事哦。夏實在彌生背上輕輕拍了一下。這個小動作從她高中時期就經常出現，每當彌生愁眉苦臉，或是彌生有煩惱時，夏實都會像這樣輕輕拍一下她的背。

「哦哦，時間差不多啦。兩位主角，請。」

富澤要他們倆挽著手，於是彌生伸出右手，圭介則緊張地用左手挽起彌生的手。兩人在走廊上走在最前頭，其他人則跟在後面。飯店服務生打開宴會廳的門，迎面看到的是正前方小講台上垂吊著「恭賀百年好合！」的布條，而且還是手寫字跡。

老同學們在一間小型自助餐宴會廳裡鬧烘烘的，富澤指揮著服務生，讓每個人手上都拿到一杯酒。

在富澤高聲帶領下，眾人似乎期待已久地高高舉杯，整個會場十分熱鬧。從剛才就不斷出現令人驚喜的發展。但是，彌生的心境卻出乎意料之外的平靜，這是她有生以來第一次感受到真正的寧靜。過去心上不斷出現的雜音，或許頓時已經消失無蹤。好不容易終於等到這一天。天花板上的喇叭傳來輕柔的耶誕組曲。對了，婚後圭介曾告訴她，「Noel」這個字指的固然是傳統的耶誕歌曲，但原本在拉丁文裡這個字也代表「誕生」的意思。

彌生看看圭介。只見富澤已經在為圭介斟上第二杯啤酒，而圭介看到彌生時也輕輕對她點頭示意。

這時，會場窗外似乎在瞬間閃過一道光。

一定是有人開了閃光燈拍紀念照吧。

# 暗處的孩子

# Prologue

莉子輕輕掀開毛氈一角，盯著外頭看。

座墊、榻榻米，還有就快用到的嬰兒床，以及即將要被收起來的暖桌。暖桌上有報紙，旁邊則是隨意攤開的嬰兒用品型錄。捲起的那一頁角落顯得亮亮的，原因是光線剛好反射在一張女兒節飾品的白棉帽照片上。

型錄上的那頂白棉帽，此刻就戴在莉子頭上。

她縮起脖子，屏著氣息，小腹覺得一陣涼，坐在榻榻米上的屁股癢癢的。沒穿襪子的雙腳冷冰冰，這股寒氣又讓她心跳加速。爸爸跟媽媽都不知道莉子在這裡，他們什麼時候會發現呢？不過，他們一定找不到，因為根本沒料到莉子會躲在女兒節祭壇裡。

事實上，她還很佩服自己想到這個點子呢。

每年二月，她都在旁邊仔細看著布置女兒節人偶的模樣，所以她知道祭壇是用鋁架組合起來的。但她之前並沒想過可以鑽到裡頭。

莉子的左腳天生就不太能彎曲，她沒辦法跳躍也跑不快，所以她比班上女生胖一些，原本她還有點擔心，嘗試之下沒想到祭壇裡頭還挺寬敞。

從窗外照射進來的陽光，透過毛氈之後將祭壇裡頭映得一片淡紅色。她舉起兩手，發現手指跟指甲也被映得紅紅的。外頭明明是正中午，這裡頭則是莉子一個人的祕密黃昏。對耶，這是祕密的黃昏時刻。在祭壇裡頭的時光是祕密的黃昏。一想到這幾個字，莉子的胸口又怦怦地響了起來。

她把《飛天寶物》這本書放在彎曲的右腿上，這本書是她從圖書館借來的，就在她拿到客廳想坐在暖桌前看時，突然想到可以躲進祭壇裡。

封面是從地面上仰望的一片藍天，不過現在在透過毛氈的光線映射之下，變成伴著夕陽的天空。望著天空的小女孩，兩頰也被染成宛如蘋果。小女孩看起來跟莉子年紀差不多，大概是小學三年級。莉子好奇自己的臉現在是不是也紅紅的，真後悔身上沒帶鏡子。

文　卯月圭介
圖　正木彌生

這本書說的是什麼故事呢？莉子最喜歡這段想像書裡內容的時光。

她在圖書館看了第一頁，畫的是很可愛的女兒節擺飾，但手拿著人偶跟白棉帽的卻是一群身穿工作服的男人。由男人來布置女兒節人偶，感覺好古怪啊。

這時，外頭似乎有動靜，莉子豎起耳朵，聽到廚房傳來些微餐具碰觸的聲音，還有爸爸在跟媽媽說話。說不定是在問她莉子到哪兒去了。

莉子打算等他們倆都在客廳時，突然從祭壇裡頭跳出來，嚇他們一大跳。爸爸一定會同時張大眼睛跟嘴巴，之後高聲大笑。媽媽這陣子個性很急躁，她可能一開始有點生氣，但接下來嚴肅的表情會逐漸放鬆，最後一定是跟爸爸一起大笑。

這實在太好笑了，讓莉子的心不由得顫動。

她打開書本封面，試圖克制自己激動的情緒。

## 飛天寶物

那天傍晚，真子之所以一個人在街上遊蕩，是因為她不想看到女兒節人偶被搬出家裡。

包括過世的奶奶，還有媽媽、真子，都很喜歡那些女兒節人偶，現在卻因為家裡沒錢，得被搬走了。

半年前，爸爸的公司倒了。剛開始爸爸跟媽媽每天都為這件事情吵架。不過，沒多久真子家就像經過調整音量鈕，漸漸變得安靜下來。現在連講話的聲音都聽不到。連那群人把女兒節人偶搬出去的聲音，也不知道為什麼，讓家裡變得更寂靜。

耳朵就像被滿滿的寂靜塞住，真子就是在這種心情下離開家裡。

「媽媽一定會來找我。」

真子故意走得很慢，自言自語。

「她還會說，我突然不見人影，讓她好擔心。」

不過，當她停下腳步轉過頭看看後面，空無一人的街道上只有自己拖得長長的身影。

「她待會就來了。」

真子笑出聲，然後繼續往前走。

真子的爸爸和媽媽從以前就常吵架。媽媽個性很急躁，動不動就生氣、大吼大罵，或是亂丟東西。很久以前，連真子都還沒出生時，她曾經拿起醬油瓶把浴室外面更衣處的鏡子砸爛。這件事還是媽媽後來自己笑著告訴真子的。

話雖如此，爸爸和媽媽的感情還是很好。以往他們吵架之後，沒多久就會聽見跟吵架時差不多相同的笑聲傳來。

映著夕陽的櫥窗裡，擺了一件材質輕柔就像春天的白色可愛洋裝。穿著這件洋裝的模特兒假人身高跟真子差不多，而且明明是一張扁平無表情的臉，真子卻覺得她像是別過頭，嘲笑著自己。

如果能像朋友一樣得意洋洋地出國玩，還穿著這身洋裝，不知道有多開心。一想到這裡，眼眶就溼溼的，眼淚快掉下來。真子快步朝夕陽走去，彷彿想逃離這片櫥窗。

眼看著夕陽快要掉到遠處高聳百貨公司的另一側時，真子發現了那個洞穴。

「這裡有個洞。」

就在路邊，跟夕陽一樣是橙色的。那個洞穴的開口就在水泥地邊上。

「是螞蟻窩嗎？」

嘴上這麼說，卻也知道不可能。因為不會有螞蟻在水泥地上挖洞築巢。

真子蹲下來，低頭直盯著洞穴，然後有一股很奇特的感覺。

那個洞穴，好像在呼喚她。

「既然沒聽到聲音，不可能有人在叫我啦。」

這實在太莫名其妙，於是她笑了。一邊笑著，真子抬頭看看街道的前前後後，路上居然沒有半個人，四周靜悄悄。

這時……

洞穴又在呼喚她。

聽起來似乎有點像是生物的聲音。

卻也彷彿是物體的聲響。

例如，有點類似風吹之下葉子發出的沙沙聲，或者是溫暖的正午，照射下來的白色眩目光線所發出來的聲響。

聽起來像這樣。

啪啦　啪啦　啪啦　啪啦

一起　一起　一起

啪啦　啪啦　啪啦　啪啦

一起　一起　一起

聲音時強時弱，聽起來好像是浮在波浪之間。

真子伸出右手食指，慢慢接近地上那個小洞穴，就算感受到呼喚，但能塞得進小洞穴的只有手指指尖。

啪啦　啪啦　啪啦　啪啦

一起　一起　一起

啪啦　啪啦　啪啦　啪啦

一起　一起　一起

當真子把食指指尖塞進洞穴時，她突然「啊！」地發出一聲驚呼。手指……好像……被一團柔軟、冰涼的東西包覆起來。真子連忙把手抽回來。但是……拔不出來！包著手指的那團東西明明很軟，卻不論她怎麼用力都沒辦法把手指從洞穴裡拔出來。

就在這一瞬間，真子眼前的洞穴變得越來越大。

（一）

突如其來的聲響，讓莉子回過神來。

「今天還是不要去好了。」

爸爸的聲音中夾雜多次呼氣，莉子一聽就知道他正在喝茶。似乎爸爸跟媽媽都在她不注意時進入客廳，她剛才還緊張地等著他們，沒想到後來竟然絲毫沒察覺到，自己都感到意外。

「你是說醫院嗎？」

「昨天跟今天連續兩天都去，老媽也會累吧？她說想一個人靜一靜，我想應該是真心話哦。」

「是嗎……」

媽媽含糊其詞，之後兩人都默不作聲。

莉子的心中就像落下冰塊，頓時涼了一截。昨天她和爸爸、媽媽，一家三口去醫院探望奶奶時，奶奶因為藥效的關係迷迷糊糊，但她還是笑著對莉子說，「還要再來哦」。但爸爸和媽媽現在居然說這種話，什麼奶奶想一個人靜一靜。

「那孩子，又沒關燈……」

媽媽拉高了嗓門說完，聽得見她趴低身子爬過來，然後啪嚓兩聲，關掉祭壇左右兩側的小燈。先前她就告訴全家人，除了坐在女兒節人偶前面欣賞，其他時間都要把燈關掉，因為多多少少都會耗電，增加電費。

「這孩子要用的東西，我已經盡量沒買新的了。」

媽媽只要一提到「這孩子」，一定會伴隨把手放在肚皮上的動作，莉子不用看也知道。每次莉子看到這個動作，就想起媽媽在幼稚園運動會上摸著旁邊其他小朋友的頭。那個小朋友手腳、頸子都細細長長，臉蛋又小巧，長得很可愛，結果莉子有好一陣子都不跟她說話。

「像是嬰兒服啊，還有其他東西，都是用莉子小時候留下來的。」

「那些又花不了多少錢，想買新的就買呀。」

莉子沒聽到媽媽的回應。

為了奶奶動手術和後續治療，家裡好像花了不少錢。因為過完年沒多久，奶奶被診斷出生病之後，媽媽就開始對水電費這些錢變得很計較。

莉子看著《飛天寶物》的封面。相較之下，是爸爸公司破產的真子家比較慘，還是莉子家比較慘呢？家裡的女兒節人偶會不會跟真子家的一樣，最後得被賣掉呢？
奶奶究竟生的是什麼病，其實莉子也不曉得。爸爸跟媽媽都不告訴她，奶奶也沒說。說不定奶奶自己也不知道。聽說有時候不會讓病人知道自己生什麼病。
「要在肚子上開一個洞，然後裝個機器進去。」
先前莉子在病房裡問起手術，奶奶就是這樣回答她。當時醫生把爸爸跟媽媽找去，他們不在病房裡。
「機器？」
莉子驚訝地反問。奶奶依舊躺在床上，伸出手輕輕放在自己腹部。
「只是很小的機器啦。莉子平常是用嘴巴吃果凍吧？奶奶之後要從肚子吃哦，因為已經沒辦法用嘴巴吃了。」
用這種吃法會覺得好吃嗎？
「出院之後，我們就要一起住，很多事情得靠妳爸爸跟媽媽幫忙，奶奶覺得真不好意思。」

奶奶之前在距離一個電車站的地方一個人租房子住，動完手術出院後就要搬到莉子家。跟莉子一家人生活，定時到醫院回診，接受治療。

「我也要幫忙照顧奶奶。」

莉子還沒弄清楚自己能幫忙什麼就脫口而出。奶奶躺在枕頭上收了收下巴，露出有點尷尬的笑容看著莉子。奶奶舉起右手伸過來，像是要摸摸莉子的頭，卻搆不到，莉子趕緊把頭伸過去。她感覺得出，奶奶那隻撫摸著頭髮的手，比以前乾癟了很多。她緊貼著病床，小腹的贅肉卡在病床床架上，乖乖地讓奶奶撫摸自己的頭。這時，爸爸跟媽媽回到病房，兩人的眼神卻都不知道在看哪裡，似乎都很認真在思考，表情空白，連跟奶奶說話的語氣也有點不自然。

毛氈的另一側依舊靜悄悄。

爸爸跟媽媽都不發一語，偶爾只聽到啜茶的聲音，或是把茶杯放到桌上的聲響。莉子原本計畫要從祭壇裡頭跳出來嚇他們，現在卻一動也不動。不過，什麼都不做又覺得胸口那灘哀傷的水窪越積越深，於是她又拿起了《飛天寶物》。與其說想知道後續的故事，莉子更想看每一頁用粉彩色系繪製的可愛插畫。

不過，她立刻發現不對勁。旁邊的電線桿越來越高，越來越大。

原來，不是洞穴變大，是真子縮小了。

啪啦　啪啦　啪啦　啪啦

一起　一起　一起

啪啦　啪啦　啪啦　啪啦

一起　一起　一起

又聽到那一陣四不像的聲響。隨著身體越來越小，真子覺得自己就像被那一陣四不像的聲響完全籠罩。

她應該會覺得很害怕吧？

事實上，剛好相反。她一點都不怕。
真子此刻的感覺就像在寒冷的早晨，全身裹著暖呼呼的棉被。

啪啦　啪啦　啪啦　啪啦
一起　一起　一起
啪啦　啪啦　啪啦　啪啦
一起　一起　一起

當真子想得出神時，身體越變越小，眼前出現的洞口越來越寬敞。剛才只能塞得下一根手指頭，現在整隻手都能伸進去，接著大到連頭也鑽進去，然後又大到比肩膀還寬。等到真子回過神來，洞穴已經大到她直接往下跳就能跳進去。

真子縮小到跟螞蟻一樣的身形。
真子雙腳用力，往洞穴裡跳。

往正下方開口的洞穴，進入後馬上變成傾斜的角度，真子覺得自己像在溜滑梯。而且一路上還有很多彎道，一下子往右，一下子往左，何況一片黑漆漆。真子把自己當做作水裡被撈起來的金魚，只能不斷扭動著身體掙扎。要不是屁股跟背部因為摩擦生熱，說不定她真的以為是這樣。

咻……！

彈！彈！

彈、彈、彈……！

真子被彈得很高，從洞口衝出去之後，屁股又落在一處像是軟綿綿彈簧床的東西上。她眼前的景象上下晃動，而搖晃的程度逐漸減緩，最後終於停了下來。當她發現停下來時，四周已經不再黑漆漆。

不過，並不是整個洞穴變亮。

原因是這裡長了很多會發出灰白色光線的生物。眼前所見到的只有這群生物，以及牠們腳邊的地面。看來這是一處寬廣的大廳。

這群生物外表像人，其實不然。乍看像是豎起來的海星，手腳沒有指頭，只是很突兀地冒出來。頭部就是個三角形，沒有眼睛、鼻子、嘴巴。如果牠們站在原地靜止不動，根本分辨不出哪一面是前，哪一面是後。

「歡迎。」

其中一隻生物轉過頭，一副玩具店店員的態度跟真子打招呼。這個聲音就像直接由皮膚來接收，跟先前一直聽到的「啪啦啪啦啪啦」、「一起一起一起」有相同的感覺。

「這是哪裡？」

「這裡是洞穴哦。」

「這我知道啦，我問的是這裡是什麼樣的洞穴。」

「洞穴就是洞穴呀，沒其他名字。我們都只叫洞穴。」

那隻生物說完，就轉過身走掉了。

「如果要取名字的話，就是啪啦啪啦洞穴吧。」

生物補充說明之後，真子追上去接著問。

「是因為洞穴四分五散嗎？」（譯註：日文「啪啦啪啦」與「四分五散」的發音相近）

「不是啦。妳想想，有小精靈的國家就叫做精靈國，經常出現濃霧的地方就叫霧都，對吧？所以呢，這裡就叫做啪啦啪啦洞穴。妳看這個。」

不明生物把右手伸過來，突然照亮落在地面上的物體，外表呈現黃色，看起來扁平細長，就像衝浪板一樣。

「這是什麼？」

「這是蒲公英的花瓣。啪啦啪啦分散之後，變成一片就跑到這裡來。這裡還長絨毛哦。」

不明生物突然伸出發亮的左腳，在光亮照射下果然是蒲公英的絨毛。不過卻像是在有如橄欖球大小的種子上長出有如洋傘骨架一般的毛。看來在這個洞穴裡，像真子這樣原本比較大的都會縮小後才進入，但本來就微小的物體則維持原先的尺寸。

「是『有絨毛』啦。」

真子提醒不明生物的用字遣詞有誤。

「什麼？」

「花瓣、絨毛，這些是沒有生命的東西，不是用『長』，是用『有』啦。還有啊，『跑到這裡來』也不對，應該是有人帶進來的吧？」

不明生物聽了之後，覺得莫名其妙，做出聳肩的動作。雖然牠根本沒有肩膀。

「我們只是唱唱歌而已。只是唱給那些變成四分五散的東西聽，所以嘍，管它是花瓣還是絨毛，用『跑到這裡來』也無妨啦，妳也是吧？」

牠說了一堆讓人摸不著頭緒的話，然後繼續往前走。

真子滿腹狐疑，跟在不明生物之後，但她似乎知道自己為什麼會到這裡來。

走在前面的生物身上發出的些微光線，照到很多掉在地上的東西，像是剩下一小截的鉛筆、單隻腳的鞋子、沾到土的飯糰、印有白雲一角的小片拼圖、封面有著糞便塗鴉的書籍、一小塊類似無絃豎琴的碎片，這應該是咖啡杯斷掉的把手吧。這些雜物真子都沒看清楚，只是藉著不明生物發出的光線在瞬間瞥見一眼。其他還看到小老鼠，以及羽翼未豐的小鳥，到處走來走去似乎在尋找什麼。這時，突然有一陣風拂過臉頰，還帶著淡淡的花香。這陣風也是從遠方吹來的嗎？

「話說回來，最近還真多人類跑來啊。」

不明生物邊走邊說。

「以前沒這種狀況呢。」

「除了我之外還有別人嗎？」

真子左右張望，但寬敞的空間中只見到灰白色不明生物晃來晃去。

「有幾個人啦。不過，反正一下子就不見了。人類啊，就算跑來這裡也沒多久就走啦。一開始好像很開心，但過不了多久就開始叫些名字，像什麼爸爸、媽媽的，然後大家就走了。而且離開的人類都不會再回來。人類啊，都很脆弱，我們不怎麼喜歡。」

真子覺得好像被嘲弄了，不太高興。同時在心中暗自決定，她絕對不回去。

「你們到底是什麼啊？」

「就是洞穴裡的生物呀。」

「這我也知道。我是說，你們叫什麼名字？」

「名字？」

不明生物似乎感到很訝異，第一次停下腳步。

「哪有什麼名字。我們又不會四分五散，一直都在一起做相同的事情，不需要名字呀。」

牠又講了一串讓人一頭霧水的話，說完繼續往前走。

「只有公主殿下有『公主殿下』這個名字。」

牠邊走邊補了一句。

「有公主殿下啊？在哪裡？」

「現在剛好要到公主殿下的住處，我們大家輪流照顧公主殿下。不過，殿下現在很難過，不能打擾她。」

「她遇到什麼難過的事情嗎？」

不明生物沒回答，悶不吭聲一個勁往前走。

不一會兒，不明生物來到牆上破一個大洞的洞穴前方，然後往後方瞥了一眼，確認真子跟在牠身後，就走進洞穴裡。

進去之後是一條直直的長廊，跟先前的大廳不同，這裡的地板像鋪設瓷磚一樣平坦。真子伸出手摸一摸，牆壁也非常光滑，由此便能察覺出前方是個很正式、重要的場所。再往前走幾步，遠方透著方方正正的光影出現。

「欸……我想跟你討論一下媽的事。」

先前默不作聲的媽媽突然開口，讓莉子從書中的世界回過神。

「嗯？」

「照這樣看起來，之後還是得搬來一起住嗎？」

莉子心中浮現奶奶在病床上用吃果凍來對她解釋病情的模樣，奶奶把手放在自己的肚皮上，就跟媽媽講到即將出世孩子時的動作一模一樣。聽說在媽媽肚子裡的妹妹越來越大，難道奶奶肚子裡也有什麼越來越大的東西嗎？

「出了這種事，也沒辦法。」

聽起來爸爸回答時並沒有正視著媽媽。媽媽大概不太高興，語調拉高了一些。

「可是我們家也不好過呀！這孩子四月就要出生了。」

又是「這孩子」！

「我不是跟妳講過很多次了嗎？現在說這些也沒用。這就等於是我們該盡的義務啦。」

接著傳來一聲類似破輪胎漏氣的嘆息聲，不知道是爸爸還媽媽發出來的，之後又是一陣沉默。中斷的不僅是交談聲，連啜茶的聲音也沒聽見了。祭壇外頭彷彿淹滿了水，完全陷入寂靜。

莉子輕輕闔起腿上那本《飛天寶物》，她把書夾在腿上，抱起右腿，把下巴靠在從裙子下露出的膝蓋上。胸間緩緩瀰漫著一股類似乾冰冒出來的白色煙霧，這種感覺就跟在學校裡別人盯著她的左腳或小腹時一樣。莉子用力用舌尖頂著門牙掉了之後留下的一處凹洞。

「『那孩子』跑哪去了……」

媽媽似乎想起什麼，低聲喃喃。

（二）

家人，究竟算什麼呢？莉子在往公車站的路上，有生以來第一次想著這件難懂的事。她肩上斜揹的包包，就是兩個多月前奶奶送她的耶誕禮物，裡面放了零錢包，還有《飛天寶物》。

爸爸跟媽媽都很期待妹妹的出生，興高采烈等著多一名家庭成員的那天到來。

另一方面，奶奶出院之後就要搬來跟大家一起住，也是多了一個家庭成員。小寶寶出生跟奶奶搬來，兩件事有什麼不一樣呢？奶奶說，搬過來一起住之後，定期回診治療，會讓爸爸、媽媽增加很多麻煩，但比較起來，照顧小寶寶一定更辛苦吧？為什麼爸爸、媽媽還會說那種話，為什麼還要嘆氣呢？莉子倒覺得，相較於妹妹出生，她更喜歡最愛的奶奶搬來一起住。

她邊想邊走，來到一處沒有行人的小巷弄，感覺好像聽到那首歌。莉子心想，自己會不會發現真子鑽進去的那個四分五散的小洞呢？就在這時，她發現路邊的樹叢裡有個小洞穴。

看似螞蟻窩的黑色小洞。

莉子停下腳步，小心翼翼地湊近一看，好像真的是個螞蟻窩。

一時之間她內心的情緒很複雜，有些失望卻好像同時又鬆一口氣。抬起頭，眼前正是一排懸鈴木，葉片都掉光了只剩枝條伸展。

她想起一年級的那個夏天，奶奶對她說的話。

「只要看著早上樹上的葉子就行啦。簡單得很。」

當時莉子因為行走的姿勢和身材受到同學嘲笑，非常不喜歡上學。媽媽要她多主動跟同學交談，不要表現出膽小怯懦，要抬頭挺胸，淨講些為難莉子的事。這些道理莉子都懂，她緊緊咬著嘴唇，硬生生吞下想反駁媽媽的話。就是做不到才不想上學嘛！這句話忍多了，在心裡自動把「做不到」變成「不去做」，到後來莉子在學校乾脆不發一語，在教室裡聽到有人談笑時也絕對不轉過頭去看，午餐時間就埋頭一個勁地吃。一放學就飛奔出教室，然後回家的一路上只盯著自己的鞋尖。

「要不要試著跟大家好好相處呢？」

眼見莉子悶不吭聲，比媽媽年輕幾歲的級任導師擠出笑容繼續說。

「老師剛才跟妳媽媽聯絡，她說妳最近在家裡也不太講話，是嗎？」

接下來，老師又告訴她要多加油，別讓爸爸、媽媽擔心之類的話，莉子連點頭都沒辦法。因為沒想到老師竟然打電話給媽媽，讓她嚇壞了。她不敢回家，總覺得媽媽已經擺好架式準備狠狠罵她一頓。

離開學校之後，莉子的雙腳不自覺往奶奶家走去。

「妳怎麼啦？」

奶奶立刻發現莉子不太對勁。莉子不太會解釋這些事，但還是用她懂的詞彙，慢慢拼湊出在學校裡的遭遇，以及當天老師叫住她對她說的一番話。

聽完她的話之後，奶奶先是沉默了幾秒鐘。

「只要看著早上樹上的葉子就行啦。簡單得很。」

奶奶抬起圓圓的臉對莉子說。

「早上的葉子會散發出叫〇〇〇的物質，具有△△△的力量。這種△△△的作用會從眼睛進入身體，讓人的心靈變得有精神。心靈有精神之下，朋友就會自動聚集到妳身邊。」

〇〇〇跟△△△是什麼，莉子想不起來了。升上二年級之後有次又問了奶奶，她笑著說不記得。她當時一定是隨口瞎掰的吧。

「不過，千萬別看過頭哦。萬一在班上變得太受歡迎反而很辛苦，還有啊，這件事絕對不可以告訴別人。」

打從隔天起，莉子就照著奶奶說的去做。

效果非常驚人。無論是在課堂上、午餐時間或放學的路上，都突然變得好開心。至於會有很多朋友聚集過來，這一點奶奶倒是誇張了些。莉子依舊沒辦法跟班上同學打成一片，但她不再討厭上學。雖然至今還是沒交到好朋友，但當年奶奶教她看葉子的這件事，讓她真的好感激。

醫院從這裡數去是在第六站。

莉子搭上進站的公車。她盯著窗外的懸鈴木好一會兒，等到公車轉到大馬路上，她才從包包裡拿出書本，攤放在腿上。

進去之後是一條直直的長廊，跟先前的大廳不同，這裡的地板像鋪設瓷磚一樣平坦。真子伸出手摸一摸，牆壁也非常光滑，由此便能察覺出前方是個很正式、重要的場所。再往前走幾步，遠方透著方方正正的光影出現眼前，那道光的顏色跟不明生物體散發出來的一模一樣。

這也難怪。因為整個房間裡都是一排排不明生物，從走廊上看到的就是一大群不明生物聚集之下發出的光。

不明生物排成ㄇ字形，圍在一張床邊。真子向床上瞄了一眼後嚇一大跳。

床上躺著一個很漂亮的女孩，身上穿著漂亮的衣裳。她不是仰躺的姿勢，而是身體正對著真子，因此能清楚看到她那張有如洋娃娃一般白皙美麗的臉。雙眼靜靜閉上。

「欸，這個人就是——」

「噓！」

其中一隻不明生物打斷了真子的話。牠看起來並沒有生氣，只是用牠那隻晃來晃去、沒有手指的手比了往下的動作。意思大概是要真子小聲一點。

「這個人就是公主殿下嗎？」

真子對著引領她過來的那隻不明生物低聲問道，對方也輕聲回答她：

「對。這就是我們的公主殿下，她生病了。」

「是什麼病呢？」

「我剛才不是說過了嗎？她很難過。」

「因為生病了嗎？」

「不是啦！她得的是叫做『難過』的病啦。」

世界上有這種病嗎？如果有的話，真子也得過好幾次這種病了。每次爸爸跟媽媽吵架她就生病，看到那群人把女兒節人偶搬走時，她也生病。

「當公主殿下真好。」

不明生物聽真子這麼說，感到有些納悶，但隨即又把目光移回床上。

這時，公主殿下宛如陶瓷一般雪白平滑的眼皮，突然動了一下，然後慢慢睜開，露出像蘇打水一般的藍色雙眼，漫無目的左右張望。

公主殿下在其中一隻不明生物的協助下，靜靜坐起身子，這時真子又忍不住發出一聲驚呼。剛才在公主殿下面朝著真子時沒發現，但現在看到她的背上竟然長了翅膀！好像真子曾經在畫中看過，就跟天使身上同樣輕飄飄的雪白翅膀。

只不過，公主殿下身上的翅膀不是一對，只有一邊。

公主殿下轉過頭，正視著真子。真子突然全身僵住，但公主的目光好像只看到牆壁的一角，立刻又轉往其他地方。

「她很久以前會飛呢。」

不明生物悄聲地告訴真子。

「公主殿下不能飛之後，就帶著我們住到洞穴裡，然後還教我們唱那首歌。公主殿下祈禱她分散的那一側翅膀有朝一日會來到這個洞穴，我們也為她祈禱。」

原來那首歌還有這層意義啊。

突然傳來個聲響，極其細微，差不多像是樹葉落到地面時的聲響。這是公主殿下非常難過的嘆息。她一雙藍眼睛直盯著什麼都沒有的虛空，真子覺得這個人內心的悲傷，比自己的悲傷要來得沉重許多。圍在床邊的一大群不明生物，表現得非常擔憂，靜靜地又朝公主殿下身邊聚得更近些。

「公主殿下為什麼會生病呢？」

不明生物聽到真子的問題後，思考了一會兒回答。

「她一定不怎麼喜歡這個洞穴吧。其實公主殿下希望能在外面的世界自由飛翔，但現在卻得待在這裡，因為不知道哪天她的翅膀會回來呀。」

「到外面去找翅膀不就行了嗎？」

不明生物這次花了更多時間思考後答道：「外面的世界，太大了……」其他的生物也點點頭表示認同，在牠們環繞之下的公主殿下又發出難過的嘆息。

「這種病要怎麼醫治呢？該怎麼做公主殿下才不再難過呢？」

真子不知道自己能幫上什麼忙。

結果，不明生物的回答出人意料之外。

「其實有辦法哦。」

「有辦法嗎？」

「我們每次都用這個方法來讓公主殿下康復。」

「那怎麼不趕快行動呢？」

「已經正在準備了。我們的寶物馬上就會來到這裡，用這個寶物就能讓公主殿下恢復健康。」

「是什麼樣的寶物呢？」

「就是飛天寶物。」

不明生物露出得意洋洋的表情。

「只要有了那件寶物，就能在空中飛翔。寶物平常收藏在洞穴裡面的最深處，但是當公主殿下病情越來越嚴重的時候，就會特別拿出來使用。公主殿下會跟我們一起到洞穴的出入口，然後用那件寶物飛到空中。飛啊飛啊，飛到天空中跟病魔對抗，等到病魔完全從公主殿下的體內消失後，才會再回到洞穴。」

真子聽完笑了。

「什麼嘛，原來沒有翅膀也能飛啊。既然這樣，平常也可以用那件寶物來飛呀，能飛翔的話就不會生病了吧。」

不明生物聽了又思考好一會兒，淡淡地回答：「沒辦法一直使用啦。」

就在這時，走廊上突然一陣鬧烘烘，真子轉過頭一看，幾隻不明生物在走廊上排成兩列走過來。牠們身上發出的灰白色光線，照在一件平坦的物體上。一群不明生物從左右兩側搬動那件平坦的物體。

「來了！」

房間裡的不明生物齊聲高喊。公主殿下在床上似乎也鬆了一口氣，露出淡淡的微笑。

真子很想知道究竟是什麼寶物，伸長了脖子探向房間入口處。不一會兒，清楚看到左右兩排不明生物搬來的「物體」。

「居然蓋住了。」

真子感到很失望。

寶物用一大塊布完全遮起來。

這件寶物長長扁扁的，跟公主殿下的床鋪大小差不多，外型偏向三角形而非長方形。只有一個地方稍帶尖角，其他邊則圓圓的，感覺就像是一顆壓扁的栗子。

「在出去之前都得用布包好，很小心地搬運。」

「裡面到底是什麼呀？」

「這是祕密。」

不明生物語帶些微揶揄，聲音聽起來很放心。

「不過，如果妳真的想看看，就跟著一起來吧。我們接下來會跟著公主殿下還有寶物一起走到洞穴入口。」

真子非常想看看布底下是什麼東西，想看得不得了，她當然打算一路跟著大家到洞穴入口，可以的話她甚至希望能馬上在這裡揭曉答案。

「不然給我一點提示吧？」

「提示嗎？我想想。」

不明生物用手托著相當於人類下巴的位置，思索了一會兒。

「這件寶物呢，從很久以前就跟妳還有蒲公英花瓣、一隻腳的鞋子一樣，來到這裡了。」

「意思就是，那也是一種會四分五散的東西嘍？」

「沒錯。」

「我知道那個東西嗎？」

「每個人都曉得。不管是小孩或大人。」

不明生物有些古怪。

莉子聽到公車內的廣播報出醫院的站名，看看車窗外，眼前出現一棟白色建築物。她趕緊站起來，沒想到這時公車突然減速，害莉子一不小心下巴撞到前面座位椅背。

她下了車往前走，看到兩個男孩子剛好從醫院出來，邊跑邊咯咯笑。兩人的粗眉跟圓鼓鼓的臉頰一模一樣，應該是兄弟吧。弟弟看起來年紀跟莉子差不多。兩個人不知道是不是故意的，分頭從莉子兩側跑過去，還差點撞上她，一路衝上停在站牌旁的公車。莉子忍不住停下腳步，望著他們倆的背影，心想著即將出生的妹妹是不是也會長得跟自己很像呢？不久之後，她是不是就要跟另一個長得像自己但是比較小，而且雙腳都能自由彎曲的小女孩一起生活呢？

公車駛離之後，莉子勉強把自己的心思移到其他事情上，轉身走向醫院。

寶物，飛天寶物。究竟是什麼東西呢？外型像海星的不明生物說，每個人都知道這個東西，比起長方形更接近三角形，還呈扁平狀，就像壓扁的栗子……

「風箏！」

莉子停下腳步。

寶物該不會就是風箏吧？就是一般玩具店或大賣場都買得到的三角形風箏。通常上面印有卡通人物，左右兩側的翅膀繪有小圓點。那群不明生物之所以要小心翼翼用布包起來搬運，是不是怕把風箏弄破就不能飛了呢？

嗯，又好像不太對。不明生物說了，布底下的東西跟蒲公英花瓣還有一隻腳的鞋一樣，都是會四分五散的東西。風箏本來就不是由多個聚集起來的，所以也不會四分五散呀。話說回來，一批風箏在店鋪貨架上排放的狀態是不是也稱得上「聚集在一起」呢？

莉子突然非常想知道答案，忍不住要立刻往下讀，她走向旁邊的木製長椅，邊走邊拉開包包拉鍊……

一瞬間，她的心跳加劇，一張臉變得冰冷。

「咦……咦……」

包包裡沒有書！

她把包包拿到面前，右手伸進去掏了老半天，但其實根本不必這麼做，因為包包裡只有一個小零錢包。

忘在公車上了！剛才因為匆匆忙忙下車，一不小心就把書留在座位上。這本書還是從圖書館借的耶。

怎麼辦。莉子已經感覺到淚水湧上眼眶，轉過頭看看，公車早就不見蹤影。

（三）

「妳一個人來的？」

奶奶自從住院之後變得好瘦，以前圓圓的臉頰現在也像柿子乾一樣，皮膚逐漸下垂。只有聲音聽來還是一樣圓潤，讓莉子很高興。

「坐公車一下子就到了。」

「還是很厲害呀。奶奶好開心。」

「真的嗎？」

「那還用說，太高興啦。」

奶奶先前好像跟爸媽說，她想一個人靜一靜。這麼說來，奶奶現在是騙莉子嗎？她實在無法想像，也不願這麼想。

「來啊，這裡有椅子，搬出來坐啊。」

奶奶的聲音讓莉子全身暖洋洋，此刻的心情就像勉強吞進肚子裡的冰塊瞬間融化，莉子搬來靠在牆邊的摺疊椅打開。

奶奶今天看來意識很清楚。

因為對抗疾病服藥的關係，莉子一家人來探病時，也遇過奶奶連話都說不了的狀況。有時候她喃喃低語說的內容，跟大家在病榻旁談論的事情毫不相干，而從奶奶的囈語之中，莉子曉得奶奶跟爺爺結婚之後沒多久，就得變賣心愛的和服，還有爸爸小學時跑得很快。另外，不知道奶奶是想起什麼事，也曾直瞪著莉子那隻不方便彎曲的左腳。

「奶奶真沒想到妳會自己跑來呢。對啦，我上次想問妳結果忘了，女兒節的人偶已經擺出來了嗎？」

「擺出來了。」

莉子一回答就又想到媽媽跟爸爸先前的交談。

——照這樣看起來，之後還是得搬來一起住嗎？

——我不是跟妳講過很多次了嗎？現在說這些也沒用。這就等於是我們該盡的義務啦。

他們倆之前是不是也趁莉子不在時這樣談論奶奶呢？自從奶奶生病之後，爸爸、媽媽都很擔心奶奶，難道都是騙人的嗎？要不然怎麼會覺得奶奶很麻煩呢？說不定他們對其他事情也經常說謊，很可能莉子不在場時，爸爸跟媽媽就完全變了個人。都怪自己躲進祭壇裡，才會發現這件事，早知道就別這麼做了。

「……妳怎麼啦？」

一回過神，發現奶奶盯著自己的臉。

但是莉子沒辦法像念一年級時的那個夏天，對奶奶有話直說。

「我弄掉了一本書。」

她脫口而出。

「我把從圖書館借出來的書忘在公車上了。」

莉子說明狀況之後，奶奶皺起灰白的眉頭，好像是自己的遭遇一樣難過。奶奶說最好儘快跟公車車行聯絡，於是立刻下床，拿了一件毛衣套在睡衣上。奶奶身體散發出一種病人臥床很久的特殊氣味。

搭了電梯到一樓後，兩人走到櫃檯，奶奶走到年輕的女性員工身邊，很客氣地低聲對她說了幾句話，對方簡短回答後就往裡頭走。奶奶轉過頭來對莉子微笑，要她放心。

「我請她幫忙查一下公車車行的電話號碼。」

接著奶奶就用大廳的公用電話，撥打女性員工告訴她的號碼。奶奶手握著聽筒，對著空無一人的地方頻頻低頭，講了一會兒，最後掛了電話才轉向莉子。

「好像現在沒辦法確認，要等到公車回到終點站才知道。」

「到時候會聯絡我們嗎？」

「因為沒辦法請對方打到醫院來，所以我說半小時之後再打去問。到時候應該就知道了。」

祖孫倆坐在大廳的長椅上，奶奶從錢包裡掏出零錢。

「妳拿去買瓶飲料喝。奶奶不喝，妳買自己的就好。」

莉子買了鋁箔包的香蕉果汁，坐回長椅上，插進吸管。她喝了一口飲料，一邊看到梳著包頭的護士從面前快步跑過去。

「妳要不要喝？」

她把鋁箔包遞到奶奶面前問道。奶奶緩緩搖了搖頭，右手下意識撫摸著自己的腹部。

奶奶好像刻意想轉移話題，突然開口問道：「妳弄掉的那本書是講什麼的？」

「一個很怪的故事。」

「什麼樣的怪故事？」

莉子把自己所記得的內容，說了一遍給奶奶聽。

「妳想那個飛天寶物到底是什麼啊？」

「嗯……」

奶奶想了一會兒，不過看來她也搞不懂蓋在布底下的寶物究竟是什麼。兩人在等候的這段時間，天馬行空想像了很多，但奶奶突然臉色一變，看來好像有什麼在喉頭哽住了。

「妳待在這裡。」

一說完奶奶就站起身，彎著腰往廁所走去。過了好久她才回來，而且臉色非常蒼白，披在睡衣上的毛衣還沾了幾滴水滴。究竟怎麼回事？莉子內心感到一股歉疚，什麼也沒問。

綁鞋帶的……

## （四）

莉子看到巷子裡迎面走過來的男子腳上的鞋，覺得很高興。從公車站往回家的路上，她已經連續看到三個人，腳上穿的都是綁鞋帶的鞋。說不定能一路保持下去，直到抵家。

如果迎面走來的人，穿的是綁鞋帶的鞋子，奶奶的病情就會好轉。反過來說，如果看到不是穿綁鞋帶的鞋，奶奶的病情就會惡化。

莉子經常會這樣占卜。比方說，穿越斑馬線時如果可以只踩著白色部分前進，就會有好事發生；或是如果來往的行人都不注意她的腳，上音樂課時她就能毫不緊張地唱歌。乍看之下很簡單，但要是斑馬線上有人走在前面，就不太容易維持只踩著白色的部分穿越，而無論她再怎麼試圖保持左腳看來正常，還是不免引來路人注視。因為有這些困難，使得她相信順利達成後，願望就真的能實現。所以千萬不能設下太簡單的條件，這方面該如何斟酌、拿捏，其實很不容易。

迎面一個騎著腳踏車的女中學生跟莉子擦身而過，她穿的是粉紅色的運動鞋。莉子的心跳越來越快，這樣看來說不定回家之前真的能達成。

結果，最後還是沒找到《飛天寶物》。

司機先生檢查過全車，似乎沒看到留在車上的書本。

弄掉了從圖書館借回來的書，一定會挨媽媽的罵。看到莉子擔憂的模樣，奶奶便從醫院幫她打電話回家。電話好像是媽媽接的，奶奶講了幾句就掛斷，隨即轉過頭對莉子說：「妳媽媽很擔心妳唷。妳也沒跟她說一聲就自己跑出來啊？」

接著奶奶笑了笑，說書的事情媽媽也能體諒，不要緊了。莉子聽了才放心離開醫院。

前面有個女人走過來，身穿套裝。莉子邊走邊偷偷看了她的腳一眼，那女人穿的是沒有鞋帶的高跟鞋。莉子不死心，趁著與她擦身而過時轉頭一看，啊，她手上提的包包，在把手下方有用細皮繩繫的蝴蝶結。莉子在心中暗想，只要有打結的都算數。

到回家之前的最後一處轉彎前，她又看到了好幾個結。鞋子當然不用說，其他還有胸前的緞帶、領帶、運動服的腰部繫繩……莉子好高興，這表示奶奶的病情會好起來。她興高采烈繞進家裡的圍牆，看到玄關有個陌生男人，好像剛從家裡出來。他身穿西裝、大衣，搭配一雙沒有鞋帶的皮鞋。脖子上圍著圍巾，看不出來有沒有打領帶。全身上下找不到有打結的地方。那人看到莉子，向她打招呼說聲「妳好」，然後逕自往巷子走去。莉子目送他的背影，緊咬著嘴唇卻始終找不到他身上有任何打結的地方。

到最後的最後功虧一簣，莉子突然沮喪了起來。

「要是早來一點就好啦……」

莉子剛踏進玄關，就聽到廚房傳來爸爸的聲音。

「怎麼不在老媽發現生病前就來呢。」

莉子開門的聲音很輕，爸爸跟媽媽好像都沒發現她回家了。

「來好幾次啦，只不過是其他保險公司的業務員，不是剛才那個人。不是還拿過資料給你看嗎？」

「哦哦……對哦，好像看過。不過，我一直以為老媽年紀那麼大，現在沒辦法再加保了嘛。」

「也有專門為老年人設計的保險呀，這個也跟你講過了。」

爸爸支吾其詞，然後聽見媽媽像是死心嘆了口氣。

直到莉子在水泥地上脫掉運動鞋，爸媽好像才聽到聲音發現她回家。媽媽在走廊上啪嗒啪嗒快步走過來，緊繃的表情透露出不耐煩的神情。

「妳怎麼自己一個人跑去探病呢？平常不是跟妳說過嗎？要去哪裡一定要事先講一聲呀。」

「我……」

媽媽不理會莉子，繼續說道：「還有啊，妳把跟圖書館借的書弄掉了？怎麼可以一個人搭公車呢？家裡最近事情已經夠多了，拜託妳不要再讓大家擔心啦。」

被騙了。莉子湧上心頭的第一個想法。

奶奶明明說書的事情媽媽能體諒，騙人的不是奶奶，是媽媽。

「看明天還後天，妳跟我一起去圖書館跟人家道歉。妳自己解釋清楚啊，媽媽可沒辦法幫妳說話。」

莉子不想回應，也不想直接轉身，所以她挺起胸，用盡全身力氣移動雙腳，想從媽媽身邊閃過。結果媽媽迅速地一把抓住她的手肘。莉子想收回手臂甩掉媽媽的手，但媽媽的力氣大得多。莉子一瞬間情緒湧上來，一陣鼻酸。她想轉過身甩掉媽媽的手，媽媽卻不肯放開，加上她的腳又使不上力，於是伸出另一隻手想撐在媽媽肚子上，結果媽媽冷不防用力打了莉子的手腕。

「肚子裡有小寶寶啦！」

媽媽最後這句話不斷在莉子耳中迴響，她腦袋瞬間一片空白。

莉子抬起頭看著媽媽，在情緒造成哽咽下，說不出話來。一想到這樣的反應會讓媽媽以為自己是挨打之後反省而不說話，她就好不甘心，好生氣，更說不出話來。莉子屏住呼吸，等待著那股疼痛從自己內心散去，但她怎麼等也等不到，直到後來她的胸口不聽使喚地顫抖起來，嘴唇兩端在痙攣之下不由得微微張開。她不想讓媽媽看到自己這副模樣，只得用左手撐著走廊牆壁，半走半跳衝回自己房間。

（五）

隔天下午。

孤零零一個人從學校回家的莉子，一路上找尋四分五散的洞穴。

她低著頭緊盯地上，邊走邊豎起耳朵，深怕錯過別人呼喚她的聲音。但她只找到四、五個螞蟻窩。一顆心空蕩蕩地走進家裡玄關，在廚房裡的媽媽轉過頭跟她說些什麼，但莉子假裝沒看見，逕自回到房間裡。

她從書包裡拿出國語作業本，攤開放在書桌上。

用削鉛筆機把鉛筆削尖，想起那本書上的記號，莉子便在乾淨的頁面上試著畫下來。

真子從那群不明生物所在的房間走出來。

然後，她就看到走廊另一頭有個小女孩。

「妳是誰？」

「我叫莉子。」

「莉子啊，跟我的名字有點像。妳怎麼在這裡？妳也進到洞穴裡嗎？」

「我在放學回家途中發現四分五散的洞穴。然後把手指伸進去，就被吸進來了。」

真子跟莉子在走廊上朝寬敞的大廳走去。然後坐在角落交談。

「莉子，你們家一定也四分五散了，所以妳才找得到洞穴。」

「只有我變得四分五散。」

「能交到妳這個朋友真好。」

「我也要跟妳一起去看公主殿下飛翔。」

「好啊，我們一起去！」

兩個人一下子就混熟了，覺得很開心。

「真子，妳看到我的腳，還有我的小腹，都沒說什麼耶。」

「沒什麼好說的呀，怎麼這麼問？」

「因為跟人家都不一樣啊。」

真子露出一臉不解的表情，感到很納悶。

接著兩人聊起那件寶物，莉子說出自己的想法。

「那件寶物會不會是風箏呢？公主殿下說不定是靠風箏飛起來的。」

「風箏嗎？」

真子思索了起來。

莉子也跟著想了想之後說：「不過，風箏是軟的，用布包起來搬運好像怪怪的。」

「對呀。」

「飛天魔毯呢？四分五散之後其中的一張來到洞穴裡？」

「但魔毯也是軟的呀。」

「嗯……難道是飛機的機翼嗎？」

「光有機翼飛不起來吧。」

猜了老半天也猜不到，兩人便聊起其他話題。

「真子，妳念幾年級啊？」

「三年級。」

「跟我一樣，我也是三年級。」

兩人聽了都很高興。

「昨天我被媽媽打了手，而且很用力。」

「會痛嗎？」

「很痛啊，感覺骨頭都要斷了。」
「妳媽媽好過分哦。」
「真希望我家跟漫畫裡的房子一樣，自己的房間在二樓，然後如果我的腳跟一般人一樣就好了。」
「為什麼？」
「這麼一來我就能更快衝回房間呀，上樓梯的時候很用力，發出啪嗒啪嗒的腳步聲，媽媽就會對她做的事情更感到後悔吧？」
「也對。」
真子點點頭。
接著莉子還跟真子說了奶奶的事。
「我奶奶生病了，正在住院。她肚子裡長了壞東西，所以要動手術。她說以後只能從肚子吃果凍了。」
「聽起來一定不好吃。」
「對呀。我吃果凍一次都要吃三顆，用肚子——

莉子聽見走廊上傳來的腳步聲，趕緊闔上作業本。她不自覺僵硬著身子擺好架式，等待背後的房門打開。

「……妳在用功啊？」

媽媽現在臉上一定是用力擠出來的假笑。莉子心想，轉過頭去，果然媽媽用莉子意料之中的表情低頭看著她。

「在寫功課嗎？」

「只是在看作業本。」

莉子刻意冷淡回答，媽媽臉上的笑容隨即變了。

媽媽來到莉子身邊，配合她的高度彎下身，解釋昨天的事。媽媽說，她不是要打莉子。

「因為妳用手按媽媽肚子，媽媽才慌了手腳。我本來只是想把妳的手推開，慌張之下才像是要打妳。」

「算了，沒事啦。」

莉子希望媽媽趕快出去，接著又說：「妳很寶貝小寶寶，也是不得已的。」

「……妳能體諒媽媽嗎？」

「嗯。」

媽媽這下子露出由衷的笑容。看在莉子眼中卻覺得媽媽是因為成功保護心愛的小寶寶不受敵人攻擊而感到欣慰。

「明天要去圖書館哦，妳能不能好好解釋呢？」

「可以。」

聽到媽媽走出房間的腳步聲越來越遠，莉子才又握起鉛筆。

「對呀。我吃果凍一次都要吃三顆，用肚子吃的話感覺很不舒服耶，一個都不想吃了。所以我覺得奶奶好可憐哦，但媽媽只顧著快出生的小寶寶，根本不管奶奶，爸爸也一樣。」

「大概是吧。」

「他們也根本不管我。」
「媽媽都很會假裝好像關心我們。」
「一定是怕惹人討厭吧。」

（六）

從那天起，莉子每天都在國語作業本裡跟真子聊天。

一放學回家，她就在書桌前攤開作業本，過程中削了好幾次鉛筆，聊到直到莉子右手痠了為止。聊天的內容包括在學校被其他人嘲笑她的腳跟小腹、非常討人厭的同學，還有午休時間有人在黑板上畫她的模樣。其他像是遠足時她永遠孤零零一個人、跟奶奶的種種回憶，以及先前躲在女兒節祭壇裡碰巧聽到爸媽的談話。

課堂上她也會找機會跟真子聊天。無論上什麼課，她都在桌上放兩本作業簿，等到老師轉身寫黑板時，她就掀起上面那本作業簿，偷偷跟真子說話。莉子心想，有時看到同學一邊咯咯笑著，一邊偷傳小紙條，原來就是想體會這種感覺呀。

她一心想著趕快往下說，因此就算寫錯字，或是寫了之後想換個說法時，也不用橡皮擦，而是直接換行重新寫過。莉子知道，橡皮擦是為了之後要重新閱讀才存在。

「我媽媽想讓即將出生的妹妹

那個小孩穿我小嬰兒時期的衣服。」

莉子對真子抱怨。真子一臉同情地看著她。

「感覺好差哦。」

「對啊。好像自己的小嬰兒時期就會從此消失了，真討厭。」

「很奸詐

很不要臉耶。雖然現在用不到，但那些本來都是妳的東西呀。」

「可能因為家裡沒錢，也只好這樣吧。」

「這不對啦。根本不用花什麼錢吧，小嬰兒的衣服這麼小件。妳媽媽只是不想理妳啦，把妳的衣服給其他小寶寶穿，完全不顧妳的想法嘛。」

「是不是該告訴媽媽，我真正的想法呢？」

「講了也沒用吧。我猜妳媽媽大概不會懂。」

「那，我該怎麼辦呢？」

「東西不見了就行啦。把妳不穿的那些衣服全部弄不見，新出生的寶寶就穿不到啦。」

「要藏起來丟掉嗎？」

「對啊，全部丟掉。」

寫完這段文字的當晚，莉子趁媽媽洗澡時打開客廳的櫃子。

她不費工夫就找到小寶寶要穿的衣服，因為媽媽不知道什麼時候已經空出一個裝衣服的箱子，裡面放了小寶寶出生後要穿的衣服跟其他雜物，就放在櫃子最外面。莉子打開箱子一看，裡頭的東西收拾得整整齊齊。

無論是小寶寶衣服上的圖案，或是搖鈴上印有的河馬，莉子都完全沒印象。

「這些真的是我的嗎？」

她納悶著喃喃自語。

「快點！」

耳邊響起一個聲音。

「再不快點媽媽就要洗好澡出來了。」

當然，這只是她自己的錯覺。

莉子趕緊去廚房拿垃圾袋。她在冰箱旁邊的置物架上拿了垃圾袋回到客廳，不斷把箱子裡的衣物一樣樣塞進垃圾袋。把最後一件寶寶衣服扔進去後，綁緊袋口，打開玄關門走出去。外頭一片黑漆漆，冷風直吹過她的鼻尖。莉子一不小心肩膀撞上圍牆內側，她顧不了這麼多，連忙繞過自家圍牆，打開放在旁邊的一只大箱子上蓋。黑暗中隱約看得見箱子裡有腳踏車輪胎打氣筒、工具箱，還有類似用來填補瓷磚空隙的矽膠注射筒……莉子把一大袋垃圾丟進去，然後立刻蓋上蓋子，像是關住想逃脫的小動物。

明天上學前偷偷把這袋垃圾拿出去，在附近空地丟掉之後再去學校。那塊空地上長了一大片比莉子身高還高的芒草，任誰也不會發現。

「不要緊吧？」

「不要緊啦。」

就在那天晚上，醫院通知奶奶的病情突然出現變化。

（七）

「聽說奶奶可能沒辦法動手術，因為她的病情突然惡化，現在得靜養才行。」

「如果不能動手術，會怎麼樣呢？」

「我也不知道。」

「妳奶奶會清醒嗎？」

「當然啊。」

「也對，她之前好像精神還不錯。」

「我希望奶奶在擺出女兒節人偶這段時間能順利動完手術。」

「為什麼？」

「因為奶奶很想看到女兒節人偶吧。如果她搬來跟我們住的時候已經收起來，她一定很失望。」

「原來是這樣啊。那剩下沒多少時間耶。」

「不過，如果她一直沒醒過來，說不定爸爸跟媽媽更高興。」

「這樣就不用接她回家來照顧了嗎？」

「是啊，輕鬆多了。」

躺在病床上的奶奶雙眼緊閉，口鼻上罩著連接透明管子的口罩。口罩內側的空氣隨著一呼一吸，一下變白，一下又呈透明。節奏看來跟一般睡著時的呼吸沒有兩樣。

接到醫院聯絡的隔天，莉子跟爸爸、媽媽一家三口來探望時，奶奶已經是這個狀況。再隔一天，聽說她又醒來一會兒跟醫生交談，然後再次睡著，接下來三天就完全沒再醒來過。而就在這三天之內，莉子不再需要作業簿跟鉛筆也可以跟真子對話了。

真子的聲音有時在耳邊響起，有時就在自己胸口。好像不斷來回於樹枝上的小鳥，總是在莉子感到高興或煩悶之際同時出現。莉子隨時都覺得自己視線中有個用粉彩勾勒出的可愛真子，若隱若現。莉子跟真子交談時，有時會發出聲音，有時只在心底默默對她說。

媽媽每天都會帶著莉子去探望奶奶，但今天遇到產檢，所以就到她平常去的醫院。莉子就像之前一樣，又自己搭公車去看奶奶。

要是媽媽知道她一個人跑去醫院，又要挨罵了吧。

在回家的路上，莉子偶然看到一個念小學的男孩腳上穿的運動鞋，忽然想到。

「要不要占卜一下呢？」

「希望奶奶能早日康復？」

「嗯。希望她能快點醒來。」

要用什麼占卜呢？之前用身上打結的部分占卜，差一點就完美了，沒想到最後的最後居然被那個男人毀了。後來奶奶的病情突然惡化，看來這次要找個萬無一失的目標。

「不如別找『有什麼』，而是設定『沒什麼』？」

原來如此，這樣感覺會比較有把握。莉子想想從這裡回家的路上，有什麼是平常不太常看到的東西，不過，也不能設定一個保證看不到的東西，這樣就算順利過關也缺乏可信度。至於跟人有關係的東西，因為上次失敗，這次不想再用了。

「就設定『一路上都沒有小狗』好了。」

「但小狗很常見耶。」

「那就改成鬥牛犬。」

「有人帶著的總覺得靠不住。」

「小鳥呢？」

「我想會比狗還多吧？」

「花吧。現在天氣還沒變暖，花都還沒開吧？」

一說完，莉子就想起在學校花壇裡看到的油菜花，有些花已經開了。

「螞蟻！」

真子突然想到。這麼說來，先前莉子認真尋找「四分五散洞穴」時曾經看到好幾個螞蟻窩，卻沒看到螞蟻。想必是天氣還冷，所以仍在冬眠吧。從寓言故事「螞蟻和蟋蟀」的印象，似乎螞蟻冬眠的時間很長。

「螞蟻啊。好吧，如果在回家的路上都沒看到螞蟻，奶奶就會醒來。」

「如果看到螞蟻奶奶就不會醒來嗎？」

「也會醒來，不過要多花點時間。」

「好吧。」

莉子走在路上，一邊盯著地面。

果然到處都看不到蟲子，她朝步道旁邊的花壇瞄了一眼，也沒有發現在活動的生物。

「真子，妳有奶奶嗎？」

莉子低著頭邊走邊問。

「沒有。所以當我們一家人四分五散的時候，沒有人肯聽我說。莉子有這麼慈祥的奶奶真好。」

「不過，我也沒辦法講給她聽呀。」

「對哦。妳是因為聽到爸爸跟媽媽說奶奶壞話才覺得煩惱。」

「是呀。」

「莉子怎麼會跟奶奶感情那麼好呢？」

「我媽媽肚子裡還沒寶寶的時候，在外面打工，是在超市當收銀員。所以我幼稚園時經常是奶奶來接我，我們會一起回到奶奶家待到傍晚。」

莉子想起自己小時候從幼稚園到奶奶家，一路上都黏著奶奶。她用雙手摟著奶奶的手臂，會聞到一股類似線香的氣味。

「上小學之後雖然她不再來接我，不過我放學後也經常去奶奶家。」

「因為回自己家裡也沒人嗎？」

「對呀。而且跟奶奶在一起比較好玩。就算在學校沒有人跟我講話、跟我玩，只要跟奶奶在一起就能把這些事都忘掉。媽媽動不動就罵人，我討厭她。像我在學校被嘲笑，同學看不起我，體育課只有我一個人在旁邊看大家上課……跟媽媽在一起的時候，都會因為這些事挨罵，好像我是個壞孩子。」

待在奶奶家的時候讓人很平靜。奶奶說話的語調緩慢，又很溫柔和善，有時莉子背靠著牆聽沒多久，就睏得閉上眼睛。莉子最喜歡像這樣，聽著奶奶的聲音越來越遠。

「希望奶奶能儘快動完手術，搬去跟妳一起住，這樣就能每天跟奶奶聊天。」

「嗯……」

莉子回答得支支吾吾。

「怎麼了?」

莉子猶豫一下還是說了。

「奶奶是不是也會比較疼小寶寶呢?」

「就不疼妳了嗎?」

「對呀。」

「這個嘛……對耶,小寶寶很可愛呀。」

「嗯。」

「妳奶奶可能也會比較疼小寶寶。」

「而且小寶寶的腳可以彎曲,也沒有凸出的小腹。」

「但這也沒辦法呀,小寶寶都快出生了,也不可能永遠在肚子裡吧。」

「不可能呀。」

「也沒什麼方法能讓小寶寶不要出生吧?」

真子在說這句話時,語氣中有點試探的成分。莉子覺得背脊突然一陣涼，她緊盯著地上，雙唇緊閉。真子沒再往下說。

「啊。」

沒多久，莉子不由自主停下了腳步。

在一棟舊公寓的停車場前面，放了一台飲料自動販賣機。自動販賣機旁邊的水泥地上，有一團黑黑的小東西。

「螞蟻……」

一定是有人把飲料灑在地上。因為數不清的螞蟻密密麻麻排成一列，就像掉在地上的一小片黑布。

「莉子……對不起。」

莉子起先還不懂她為什麼要道歉，但立刻想起來剛才是真子建議用螞蟻來占卜。

「居然一下子看到這麼多，那奶奶可能——」

「不要緊的。」

莉子反射性地打斷真子。

這時彷彿有人在背後推著，讓莉子朝自動販賣機走過去，她用左腳當支點，右腳像圓規一樣打開，然後用力往地下踩。一次、兩次、三次，用力踩到連腳底都覺得有點痛，踩下去之後再用鞋底摩擦地面，看到有企圖逃走的螞蟻更是追上去踩死。

遠處的引擎聲、微風吹拂的聲音，都完全聽不見，彷彿耳朵被手指塞住了。莉子扭過頭，把目光從身體被截斷但腳仍不住顫抖的螞蟻上移開。無論電線、垃圾收集場的塑膠袋，還有從水泥地縫隙冒出來的雜草，全都一動也不動，就像屏住呼吸。莉子一抬起頭，發現天空一片死白，就像斷氣後往上翻的魚肚。

「莉子……妳很希望奶奶醒過來吧。」

即使四周的聲音遠去，唯有真子的聲音甚至比先前聽得更清楚。

「不過，這下子沒問題了。螞蟻全都死光，就跟沒看到一樣。」

「看到了，就是看到才踩的。」

「話是沒錯……」

這時，真子似乎想到一個好點子，聲音也突然變得開朗。

「對啦，就當作是我看到的吧。看到螞蟻、把螞蟻踩死的都不是莉子，而是我。這樣就行了吧？因為是我發現螞蟻然後踩死，所以莉子不需要作弊。這麼一來，妳就可以當作連一隻螞蟻都沒看到。」

過了好一會兒，莉子才點點頭。

（八）

雖然說事先已有預感。

但還是覺得有些措手不及。

比方說，明明是前所未有的經歷，一方面卻忍不住覺得似曾相識；就好像一邊覺得「果然是這樣」，同時又想到「究竟發生什麼事」，兩種情緒在心裡複雜交錯，構成一股奇妙的感覺。

「其實……我知道耶。」

那天夜裡，當莉子在被窩裡望著黑漆漆的天花板時，真子突然對她說。

「……什麼事啊？」

莉子動動嘴唇反問她。

「不讓小寶寶出生的方法。換句話說，就是讓小寶寶在媽媽肚子裡就完蛋的方法。」

莉子沒反應，真子不以為意繼續說。

「比方說，媽媽的肚子如果撞到東西，類似這種狀況下寶寶就會完蛋。妳不知道嗎？」

莉子剛要回答她知道時，一瞬間胸口好像有隻冰冷的手摸過，迅速變涼，讓她慌張地搖頭。

「我不知道。」

「這樣啊，那我教妳。」

真子的聲音比先前更靠近了一些。

「我跟妳說啊，如果發生這種狀況，寶寶就完蛋了。之前妳用手壓到妳媽媽肚子時，她不是還打妳嗎？就好像要趕走討厭的小動物。」
「媽媽不是那樣打的啦。」
「騙人！」
「真的啦！」
莉子拉高自己的音量後，真子不再作聲，房間頓時陷入一片寂靜。但沒多久真子繼續開口，彷彿把剛才的沉默忘得一乾二淨。
「告訴妳，我想到好方法了。」
她輕輕笑了，宛如將面紙揉成一團的輕笑中，帶著幾分陰沉。
「白天我看到樓梯之後就想到，如果從最高一階摔下來，一定會撞到肚子。撞得很用力。」
莉子意識到自己心臟的跳動，好像在胸口關了一隻小動物。
「妳覺得能做到不被別人發現嗎？」
「我才不做那種事。」
不知道為什麼，莉子腦中浮現了在病床上緊閉雙眼沉睡的奶奶。她回想起奶奶打電話給公車車行，為了讓莉子放心而微笑的聲音。同時，心中也出現媽媽揮開她右手時犀利的眼神。媽媽每次都用溫柔的眼神看著「這孩子」，轉向「那孩子」時的目光又變得可怕。學校黑板上自己被同學畫的畫像，像青蛙一樣的八字腿，肚子下垂快碰到地板。自從有人畫了那幅圖，每當她在走廊上，總感覺大家對她投以的眼神更多了幾分嫌惡。莉子為了不讓這些進入自己的視線，走路時永遠面朝正前方。這麼一來因為腳的關係，她感覺走廊左右晃個不停，整個人像在海上，而海水不斷滲入船內一樣，走廊一搖晃，她的下眼皮就多噙了幾滴淚水，總是等到她一進到廁所，眼淚才會溢出眼眶滑過臉頰。

「可以試試看啊，說不定會失敗。」

「我才不要。」

「但再不快點小寶寶就要出生了耶。小寶寶跟妳長得很像，但是比妳更小、更可愛唷。」

這不是廢話嗎？我們是姊妹，當然很像；一個是小學生，一個是小嬰兒，她當然小多了。

「她的腳是正常的，而且肚子也不會像妳那樣鼓鼓的。」

莉子用盡全身力氣，想把真子從耳朵滲進身體的聲音趕出去。她不想再聽了。照理說不會聽到真子的聲音，根本不可能聽到呀，那只不過是莉子對自己內心說的話，不斷地說，想強迫自己接受。但是……

「小寶寶出生之後，奶奶也可能不疼妳嘍。」

「才不會……奶奶才不會這樣。」

莉子覺得黑漆漆的天花板好像往下掉，離自己越來越近，兩眼瞪得好痛苦，乾脆緊緊閉上眼睛。結果兩耳竄進類似耳鳴的尖銳聲音，在她腦袋裡迴盪了起來。莉子更用力閉著雙眼，咬緊牙根，但耳鳴一般的聲音隨著一秒秒變得更大聲，一方面真子的聲音卻聽得更清楚。

「明天就試試看吧。」

「只要讓媽媽從樓梯上跌下來就行了，很簡單吧？」

「比方說用肥皂水？」

「趁媽媽在二樓時偷偷在樓梯最上層塗肥皂水。妳平常不會上到二樓吧？所以一定不會有人發現是妳動的手腳啦。」

「要是妳下不了手，我可以幫妳哦。」

「等到媽媽被送到醫院後，妳得趁機拿抹布把肥皂水擦乾淨。」

「要不然之後會被抓包。」

「明天是星期天，時間剛好。」

「就趁媽媽到二樓打掃的時候。」

「在樓梯上塗肥皂水就好。」

真子的聲音不是來自耳朵，而是從腦袋發出來。不過，當莉子吸氣時真子的聲音也斷掉，吐氣時她的聲音又像配合時機似地響起。莉子的心跳越來越快，她在被窩裡緊緊握住冒汗的雙手。然後覺得掌心跟指尖的汗水跟真子的汗水混在一起。貼在額頭上的頭髮也像真子的頭髮。

「趁現在拿一塊新的肥皂到房間好了。」

「得趁早準備才好。」

莉子在暗夜中坐起身，全身發熱。兩人份的體溫在肌膚內側尋找逃避的處所。

「這件寶物呢，從很久以前就跟妳還有蒲公英花瓣、一隻腳的鞋子一樣，來到這裡了。」

「意思就是，那也是一種會四分五散的東西嘍？」

「沒錯。」

「我知道那個東西嗎？」

「每個人都曉得。不管是小孩或大人。」

不明生物有些古怪地笑了。

就在交談之間，從走廊上搬運過來的寶物正準備進到公主殿下的房間。

用布包起來的扁平物體，就是能飛天的寶物。

「來，開出一條捷徑吧！」

不明生物說完，就把身體轉向房間的牆壁。其他不明生物也跟著轉身，然後大夥兒配合好時機，同時伸出手來拍打。

「要到地面上走這裡最快。」

真子嚇了一大跳。牆壁就這樣靜靜地打開了一個四四方方的洞。

「妳也要一起來吧？」

「對呀。我很好奇。」

「那妳也來幫忙把公主殿下的床鋪抬起來吧，要搬到地面上。」

「我去幫忙抬寶物好了。」

「妳是想偷看布底下藏的東西吧？不行啦。快點，抬起床鋪的一角。」

真子無奈之下只好仿效著灰白色不明生物，把手伸到公主殿下的床下。靠近一點觀察公主殿下，發現她看起來更美，卻也更憂鬱。

「來吧，為了讓公主殿下早日康復，加油！」

「飛向天空！」

「在空中飛翔，恢復健康！」

一群不明生物合力將床鋪抬起來，在房間裡繞了半圈。

「……媽媽要走了哦。」

聽到媽媽的聲音莉子才抬起頭。兩人一起來到醫院，但媽媽身體不舒服要先離開。

「妳一個人在這裡可以嗎？」

「可以。媽媽不要緊嗎？」

媽媽看著自己的眼神有些恍惚，好像表面蒙上一層灰。「不要緊。」媽媽簡短回答後，把目光轉向躺在床上的奶奶。莉子她們到病房時奶奶也在睡，還繼續在睡。

「那就拜託妳嘍。」

媽媽微微一笑。在她的肚子裡已經沒有「這孩子」了。

「妳好好哦，還會擔心媽媽呢。」

真子低聲喃喃。

「因為媽媽看起來好累哦，當然要關心她。」

莉子答道。同時目送媽媽走出病房的纖細背影。

每次看到媽媽變得平坦的肚皮，莉子就感到心中一陣安穩。

那天中午，莉子聽到聲響跟哀號時，剛好在自己房間。她一到走廊上，就看見媽媽在樓梯邊蹲著身子緊按腹部，明明滿頭大汗，臉頰和額頭卻顯得蒼白。

「電話……莉子……到醫院……」

莉子依照媽媽的指示，趕緊打了電話。就在車子來將媽媽送到醫院之前，她上氣不接下氣地轉頭看著莉子，眼光突然變得嚴肅，似乎想說什麼。但隨即又感到一陣疼痛，只能表情扭曲地呻吟。後來就直接被送到醫院。莉子站在巷子裡，目送車子駛離。當時她心中洋溢著一股莫名的雀躍，至今回想起來仍十分鮮明。

「……那本是什麼書啊？」

床上突然響起個聲音。

奶奶不知道什麼時候醒了。

「這本就是《飛天寶物》呀，妳還記得嗎？」

奶奶沒作聲，緩緩眨了眨眼。

「就是之前我來醫院的時候，忘在公車上的那本呀。」

奶奶躺在枕頭上，雙眼出神地望著遠方，過了一會兒才像對準焦距，眼嘴露出淺淺的微笑。

「就是妳有一次自己來看我，在路上弄掉的那本書啊？」

「對啊，妳還幫我打電話去公車車行問。」

奶奶躺著點點頭，嗓音沙啞地繼續說：「我記得最後不是沒找到嗎？」

「其實後來找到啦，也拿回來。我沒跟妳說嗎？」

奶奶不確定地搖搖頭。莉子印象中曾在病房裡講過，但奶奶那時意識不太清楚，可能沒聽懂。

莉子又對奶奶說了一次《飛天寶物》失而復得的過程。

會遇到那對兄弟純屬偶然。那天莉子坐在簷廊，看著鬱金香的花苞，沒想到他們兄弟倆剛好就從家門口經過。莉子一眼就認出來，這就是去探望奶奶那天，在醫院門口跟自己擦身而過衝上公車的那對兄弟。她上前問他們有沒有在公車上看到那本書時，長相相仿的兩人同時露出神似的狼狽。他們一定早就知道自己撿到的是圖書館藏書。

書好像放在他們家，一問之下並不太遠，莉子便跟著他們倆回家拿回《飛天寶物》。

「莉子好能幹哦。」

「嗯，我很厲害呀。」

「的確很厲害。」

奶奶笑得好開心。過了一會兒，她又輕輕閉上眼，平靜入睡。奶奶放在棉被上的一雙手瘦成皮包骨，令人看了好心痛，皮膚上還看得見像細繩浮起的血管，但臉上的表情十分安詳。莉子看著奶奶的睡臉，覺得好多事情都無所謂了。

四天後的晚上，醫院打了電話到家裡。隔天下午跟媽媽到醫院時，奶奶又像之前一樣罩著半透明的口罩，身體一動也不動，只是靜靜呼吸。莉子坐在一張摺疊椅上凝視奶奶的睡臉，一會兒之後，在其他房間跟醫生談話的媽媽才回來。

「看起來好像平常睡著時的樣子。」

媽媽在莉子身邊坐下，語氣充滿了疲憊。然後好一會兒兩人什麼都沒說。奶奶就這樣一直睡，直到七天後在夜裡過世。

全身變得僵硬的奶奶被送回家，就在客廳裡設了靈堂，親戚還有附近鄰居夫妻，以及其他人都來了，對著奶奶蒼白的臉孔合掌致意。其中有幾個人還掉下眼淚，爸爸跟媽媽偶爾突然哽咽。這些都是昨天的事。

現在，奶奶的身體被放在銀色台子上火化。

爸媽跟一群親戚在等候室裡喝著茶，莉子趁機穿過火葬場玄關大廳跑出去。建築物有一處高台，一陣風吹過鼻子，讓人感受到毫不容情的冬季。

「很久以前。」

那是冬青吧？莉子望著火葬場裡到了冬天依舊保持青綠的植物說道。

「奶奶告訴我，看著早晨樹上的葉子。」

「葉子？」

真子反問。

「奶奶說，早上的葉子會散發出一種什麼物質，然後產生不知道叫什麼的力量，人體吸收之後就會精神百倍。」

「是哦？」

「騙人的啦。」

真子默默等著莉子繼續往下說。

「那個什麼物質還有力量，都是奶奶瞎掰的，我猜她只是希望我能面朝著上方，每天早上抬頭挺胸去上學。她很清楚，要是人家硬逼我做這個、做那個，我就偏愛唱反調。」

「所以她才要妳抬頭看樹葉？」

「我猜大概是吧。」

一陣風吹得冬青葉沙沙作響。

莉子望著在寒風中搖曳的樹葉，好一會兒。

「我決定了。我還要讀好多書，比現在更多、更多，然後變得跟奶奶一樣。」

「跟奶奶一樣？」

「是啊，我認為要為其他人加油打氣，或者把自己的想法傳達給其他人，必須具備很多知識才行。所以我要讀很多書，讀了書就會有很多知識。」

回想起來，那本《飛天寶物》也讓莉子學到很珍貴的事。

後來，真子跟那群灰白色的生物，一起抬著公主殿下躺的床，還有用布蓋起來的寶物……

「小心一點，千萬不要撞到哦。」

「喂，往前直直走啦！」
「別晃到公主殿下呀！」
「還有一大段路唷！」
一群不明生物邊喊著邊朝通往地面的通道前進。整條通道被牠們發出的光線照亮，真子甚至覺得自己也融入在內，成為灰白色的一群。所以即使她的腳累了、手痠了，還是跟大家同心協力搬運床鋪。
那條通道好長、好長。想想真子先前那麼用力還花了很多時間才掉下來的距離，現在得花費一番工夫回到地面，也是天經地義。
「公主殿下一定能早日康復！」
「治好難過的疾病！」
「得讓公主殿下自由在空中飛翔！」
「得讓她到處飛才行！」
公主殿下在大夥灰白色光芒的照射下，在床上搖搖晃晃。只見她側身坐著，挺起下巴，凝視通道的最前方。她的側臉依舊帶著悲傷，看起來很疲憊，但真子發現她的雙眼逐漸透露出明亮的光采。
不明生物跟真子氣喘吁吁抬著床鋪跟寶物。到了此刻，真子已經不在乎寶物究竟是什麼，她只想跟大家一起幫助公主殿下。
「再加把勁！」
「大家加油啊！」
「快到了！快到了！」
不知不覺，真子也跟不明生物一起高聲大喊。
終於，前方漸漸現出光亮，隨即聽到不明生物發出歡呼。
「這是最後一個轉角了！」
「就要爬出地面嘍！」
在床上的公主殿下露出微笑。大家同心協力使出最後的力氣，繞過轉角。
眼前突然大放光明。就快要到地面上了！大夥兒的腿應該都累了，這時卻加快速度，只見地面上的光線越來越亮、越來越亮，最後更蓋過不明生物發出的灰白光線，暖洋洋籠罩著牠們、公主殿下及真子。

「到啦！」

「上到地面了！」

「太好啦！」

一陣和風吹來。

這陣風帶著一股令人懷念卻似乎有些哀傷的氣味。

不明生物跟真子慢慢把床鋪放到地上。床鋪上的公主殿下張開雙手、抬起臉，彷彿要讓全身接受到眩目光芒的洗禮。

「揭開寶物吧！」

終於來到蓋布要被揭開的一刻。

真子屏住呼吸，緊盯著一群不明生物小心翼翼地將布包上打的結解開，而且還打了兩個結。兩隻生物先解開第一個，之後再換另外兩隻解開。

「來吧！」

整塊布直接被掀起來。

布包裡的寶物展現在太陽光下。
「噫！」
真子忍不住發出驚呼。
這也難怪，因為用布小心翼翼包著的竟然是——

「鏡子？」
果然真子看來也不懂是什麼意思，驚訝地望著莉子。
「沒錯，就是鏡子。」
莉子的眼神再次回到冬青葉上，點了點頭。
「收在布包裡搬運到地面的就是鏡子碎片。」
那是真子媽媽以前用醬油瓶砸碎的鏡子碎片，四分五散之後有一部分就到了洞穴裡。
「要怎麼用鏡子在天上飛啊？」
真子感到納悶也理所當然，因為莉子起先讀到這裡也搞不懂。不過，繼續往下看之後，就漸漸弄清楚了。

「那群不明生物先像這樣把鏡子放在地上。」

莉子摘了一片冬青葉，放在腳邊。

「然後呢，公主殿下臉朝下，趴在上面，就像這樣。」

她又摘片稍微小一點的葉子，疊在地上那片葉子上。真子皺起眉頭看著莉子的手。

「……然後呢？」

「就只有這樣。」

她抬起頭看著莉子。

莉子輕輕撫摸著真子柔軟的秀髮。

「……只有這樣？」

「是啊。公主殿下只是趴在鏡子上，直盯著鏡子裡而已。她看著鏡子裡反射出的天空，不停說著飛呀飛呀。然後，聚在一起的不明生物同時鼓掌歡呼，大家都說公主殿下飛起來了。」

真子有些納悶，看著地上疊在一起的兩片冬青葉，然後又看看莉子。只見她白皙的小額頭焦急地皺起一道紋路。垂在額頭上的瀏海隨風搖晃，這陣風一下子帶走了兩人腳邊的冬青葉。

「飛走了。」

真子盯著飛揚的葉片好一會兒，最後更伸長了脖子仰望天空，不發一語。莉子想起來，自己在五年前第一次讀完《飛天寶物》時，也像這樣仰望了天空好久好久。

「後來怎麼樣了？」

真子仰著頭問。

「真子回家啦。因為她覺得已經可以回到家人身邊，而且她也想回家了。」

「為什麼？」

該怎麼回答呢？莉子猶豫了一下，但最後還是給了一個對四歲幼童來說稍難理解的答案。

「可能因為她已經有信心，知道無論遇到多討厭的事都不要緊吧。我猜她發現了，凡事要怎麼想，由自己決定行了。」

故事裡的真子看著趴在鏡子上微笑的公主殿下，以及滿心歡喜的不明生物時，有了這樣的感想。

朋友們炫耀著出國旅遊，其實自己也可以去呀。閉上雙眼，搭乘飛機，隨時都可以走在陌生的街道上嘛。還有衣服，隨時都能認為自己身上穿的是全世界最美的衣裳呀。

當她心念一轉，身上的衣服突然閃閃發光，圍繞著莫名絢麗的光芒。她穿著耀眼的華服，跟那群不明生物還有公主殿下告別，回到家中。

在一旁緊抿著小小嘴唇陷入沉思的真子，似乎甘願放棄了。她抬起頭看看莉子，問了完全不相干的事。

「要把女兒節人偶拿出來了嗎？」

「要啊，這星期天。」

「我可以幫忙嗎？」

「好啊，我們一起裝飾。」

不知道每年裝飾女兒節人偶的樂趣可以維持到幾歲。莉子家裡依然每年一到二月就會拿出女兒節人偶在客廳擺飾，但感覺那份喜悅與樂趣似乎每年都減少一些。已經是中學二年級的自己對此沒什麼感覺，反倒逗妹妹開心更重要。

「……妳在笑什麼？」

「沒什麼。」

莉子躲在祭壇裡偷聽父母交談，已經是快要五年前的事了。

這段期間她不知道看過幾次那本心愛的《飛天寶物》。當然，不是每次都到圖書館去借，現在她一讀再讀的是後來自己拿零用錢買的。在奶奶快過世之前，她也坐在病房裡的摺疊椅上讀這本書。

五年前，莉子從《飛天寶物》這本書上學會正確使用「想像」的方法。

多虧這樣，莉子才能揮別她那個幻想中的朋友。

那本書剛好在她對媽媽產生恐怖情緒的隔天找回來。

莉子把前一天晚上準備好的肥皂藏在裙子口袋裡，在簷廊上凝視鬱金香的花苞。她聽著腦子裡幻想朋友的聲音，雙腿不停顫抖，強忍著體內湧現的冷熱兩股情緒。這時，她突然從圍牆縫隙中看到那對兄弟在外頭的巷子裡。

跟他們倆拿回書之後，莉子就回到自己房間繼續往下讀。

她翻過一頁又一頁，當她知道飛天寶物究竟是什麼的瞬間，立刻感受到先前揪著心的那隻噁心大手一下子脫力鬆開。莉子趁隙脫身，覺得呼吸輕鬆多了。四周的一切就像透過清洗過的玻璃，突然變得好清晰、好有活力。耳裡聽到的只有自己的呼吸、外頭的鳥鳴，隱形朋友不停歇的耳語消失無蹤。

莉子站起身，到廚房把口袋裡的肥皂扔進垃圾袋。然後她走出玄關，拖著腳步連忙走到之前丟棄小寶寶衣物跟搖鈴的空地。空地上數不清的芒草在夕陽下呈現一片橙紅。莉子用雙手撥開芒草的硬莖往裡頭走，發現垃圾袋好像被烏鴉啄過，變得破破爛爛，裡頭的東西在受到風吹日曬下全都髒兮兮。

莉子一樣樣撿起來，抱在胸前。但因為實在太多，撿了一樣又掉了一樣，她既難過又懊悔，忍不住泛起淚水。最後她用破掉的垃圾袋把小寶寶的衣物跟搖鈴等用品包起來，用盡辦法抱回家。

看到莉子硬拖著垃圾袋一角回到家時，媽媽大吃一驚，不停問她怎麼回事。但莉子想說也不知該如何解釋，只是放聲大哭。後來不知道媽媽了解多少，總之，她默默抱著莉子的頭把她拉到身邊。媽媽的肚子好溫暖，而且隨著自己嗚咽的節奏，還感受得到肚子裡妹妹的活動。

幾天後，媽媽在打掃走廊時覺得快要生了，於是在莉子的聯絡下搭乘計程車前往醫院。

然後，妹妹出生了。

要為妹妹取名字時，莉子抱著會被打回票的心理準備，說出自己的意見。沒想到爸爸、媽媽，還有手術成功搬來一起住的奶奶都很喜歡「真子」這個名字。奶奶半開玩笑叫了「小真子」，小寶寶竟然轉頭對著奶奶笑了。

當然，這純屬巧合。不過，隔天爸爸就到區公所用「真子」這個名字辦理出生證明。

「怎麼了？」

看到莉子忍不住低下頭，真子好奇地問她。

她對妹妹的嫉妒，到現在並沒有完全消失，但那股情緒已經沒有過去那麼強烈。莉子跟真子相差九歲，已經是個中學生，爸爸跟媽媽再怎麼樣都會比較疼愛小妹妹，這也在所難免。不過，莉子內心深處認為全世界「跟媽媽一起誕生」的，就只有她一個，獨一無二。十四年前，在莉子呱呱墜地的那一刻，世界上同時多了一個小寶寶跟一個母親。父親也在同一時間出世。就憑這一點，莉子有信心未來不管發生什麼事，她都能堅信自己與爸爸、媽媽之間的情感。

「妳真可愛。」

莉子脫口而出。

「幼稚園的同學都叫我胖妹。」

真子低頭看看自己，一臉氣鼓鼓。

「以後就會變瘦啦，我以前也是。」

因為腳不方便而缺乏運動，莉子在小學三年級之前也很胖。但隨著成長，手腳伸展開來之後，體型自然而然就變得纖細。聽說左腳等到成長期結束後還可以動手術，如果成功的話，能自由彎曲的機率大大提高。莉子對於那一天的到來很期待，卻也有些落寞。

「奶奶到哪裡去了啊？」

四歲的真子似乎還不太能理解奶奶的過世。「奶奶到天堂去嘍。」莉子說了個讓她有些難以啟齒的答案，輕輕把手放在真子頭上。一陣風吹過，制服短裙翻飛宛如嬉戲的小狗。

五年以來，動過手術的奶奶全靠用肚子吃的果凍攝取營養，竟也出奇地健康。不過，三個多月之前身體狀況再度惡化，這次好像連動手術也無法挽救，終於在前天離世。

「妳們倆，可以過來啦。」

背後傳來呼喊聲。一轉過頭，穿著孝服的媽媽隔著火葬場的玻璃門探出上半身。

「妳們兩個在外頭不冷嗎？」

「不要緊。」莉子答道。

「吹風，好舒服唷。」

真子也跟著回答。她臉頰上細細的汗毛在冬天的陽光照射下顯得泛白。

媽媽輕輕笑了，然後又縮回門後。

打從三個多月前奶奶病況惡化後，媽媽始終一臉倦容。奶奶過世之後，她的負擔應該會輕一些，莉子心想，接下來媽媽就能逐漸讓疲憊的身心獲得紓解，但短期內大概很困難。奶奶的死帶給媽媽的打擊似乎比想像中來得大，在準備葬禮及聯絡親戚，忙得不可開交時，媽媽會突然發呆、面無表情，彷彿時間突然暫停。莉子知道，媽媽那雙對不到焦點的眼睛，曾在病房裡看著床上的奶奶，也在家裡看著把音量調小緊盯電視的奶奶。

「看起來好像平常睡著時的樣子。」

醫生告知奶奶來日無多的那一天，媽媽在病房裡低吟的聲音，不時會在莉子耳邊響起。那句平靜的低喃聽來好像面對小時候珍惜的寶物，掉到一個再也搆不到的縫隙裡，除了空虛、難過之外，更帶著懊悔。

奶奶並非長期臥床，因此倒不需要整天都有人陪在她身邊。即便如此，也因為幾次胃食道逆流導致咳嗽、呼吸困難而得叫救護車，所以很難長時間不盯著她。在這種情況下，照顧的病人是自己母親或另一半的母親，兩者承擔的壓力一定大不相同吧。五年前，莉子在媽媽不知情之下，聽到了她向爸爸透露不希望跟生病的奶奶一起住，但經過這些年，莉子漸漸能理解媽媽的心情。不過，她同時也有些厭惡自己這樣的轉變。

「要去奶奶那邊了嗎？」

真子指著玻璃門的那一頭問道。不知道她是以為奶奶就在某處，還是她是懂得奶奶已經過世才這麼說。莉子看到妹妹的襯衫從裙腰露出來，順手幫她塞好。

「走吧。」

莉子拉起真子的小手，朝玄關走去。一拉開門，一陣被吸入縫隙的風吹起，晃動著披肩長髮。背後的太陽光在玻璃的反射下，讓眼前突然陷入一片白，莉子不由得瞇起眼睛。她想起小學一年級的夏天，依照奶奶教她的方法，在上學的路上抬頭看樹葉，沒想到早晨的天空陽光耀眼，教她大吃一驚。等到春天來臨，懸鈴木長出葉子時，她要邊想著奶奶邊抬頭仰望。一想到這裡，莉子內心便不由自主湧起一股既溫柔又堅強的力量，充滿全身，嘴角自然而然往上揚。

「要不要走啦？」

真子催促她。

「走吧。」
莉子走進玻璃門內。

# 故事的餘暉

# （一）

「下星期就是最後一次了啊……」

彷彿連語氣也帶著濃濃的不捨，她最後的「啊」尾音拖得很長，連說完之後也沒立刻閉上嘴。與澤即便露出微笑回應，也沒辦法抬起頭正視她，只能盯著她胸前圍裙別得端正的名牌，上面寫著「重森」。

「呃，我也覺得很抱歉，不過，唉，我已經決定了。」

「啊，我懂，我懂。」

重森小姐連忙搖著手。

「真抱歉，我說話太不得體了。」

「千萬別這麼說，看到有人這麼不捨，我很高興呢。到了這把年紀，除了告別式之外，大概很難看到有人對自己不捨。」

「您真愛說笑。」

雖然這是個大人才聽得懂的笑話，但重森小姐還是很在意圍在旁邊的一群孩子。接著她彎下腰說：

「各位小朋友，與澤爺爺說故事時間只剩下三次而已唷。」

「覺得捨不得的人舉手！」

與澤一拍手，一群孩子同時高舉起手。愛出風頭的小男生不但舉起雙手，還在原地跳了幾下，但他整個人跳起來，頭還是只到重森小姐的腰部。

「我好開心哦。可是你們明明聽故事的時候東張西望，要不然就在下面講話。」

才沒有咧。我們都在聽唷。孩子們七嘴八舌反駁。

「下一次要講什麼故事呢？講個重森小姐變成男生的故事好了，還是爺爺變成女生……哦，好痛……痛死了。」

他臉部扭曲按著肚子。重森小姐嚇了一跳，趕緊靠過來，抬著頭仰望的孩子們表情也變得嚴肅。

「唔唔唔……嗚嗚……」

他咬緊牙，揪著襯衫一角背對眾人。然後，算準了重森小姐跟孩子們真的擔心起來的一刻，突然翹起屁股轉過來。

「噗。」

孩子們瞬間大笑，重森小姐噘著嘴直瞪與澤，但看得出眼中強忍笑意。至於她後方在整理書櫃的男員工進藤老弟，也笑得合不攏嘴。

「把屁味留給你們，我先走嘍。再見啦。」

與澤對著笑聲不止的孩子們一鞠躬，便往玄關走去。他從鞋櫃裡拿出皮鞋，放在水泥地上要穿時，重森小姐走上前想幫忙，卻被與澤打個手勢婉拒。

與澤花了點時間才把鞋穿好。

「這些孩子真是的，一逗就笑得這麼開心，讓我每次都很愉快。」

「是您懂得逗孩子啦。」

「只剩下三次，就要跟這些孩子，還有『松狗俱樂部』道別啦。」

「您又來了，我真的會生氣哦。」

重森小姐雖然嘴上這麼說，臉上還是帶著無論再講幾次也不會動怒的笑容。與澤促狹地揚了揚眉毛，推開貼有「松果俱樂部」的玻璃門，從裡頭看起來剛好左右相反。

「路上小心。」

「好的。」

就在這時，與澤看到了照片。

玄關旁邊有間小辦公室，最靠外頭的那張桌子是重森小姐的座位，桌上有本攤開的雜誌。與澤的視線先是掠過，接下來卻不知不覺回頭，直盯著翻開來的那一頁。

「哦哦，您要看嗎？這是俱樂部訂購的兒童文學雜誌。」

「呃……稍微翻一下。」

重森小姐特地闔上雜誌遞過來，讓與澤花了點工夫尋找。

好不容易翻到那一頁，他確定自己沒看錯。

書上的照片是自己居住多年的家。那棟在海邊的房子，是與澤打從出生到完成學業之前居住的家。看起來外觀改變了很多，牆壁重新油漆過，屋頂瓦片的顏色也不同。但低矮的外牆，還有外牆邊筆挺高大的月桂樹，加上對面一望無際的海景，都跟與澤記憶中一模一樣。至於照片一角的水井幫浦，從以前到現在都沒變。照片正中央有個大概超過三十五歲、戴著眼鏡的男人，對著鏡頭露出生澀靦腆的笑容。

「如果對這篇報導有興趣，可以拿回去看哦。這本雜誌大家都已經看過了。」

「是嗎？那，我借回去看看好了。」

與澤沒說什麼原因，直接把雜誌塞進背包裡。

一走出大門，帶著濃濃夏日氣息的一陣風吹過乾燥的肌膚。「松果俱樂部」這座兒童館的玄關雖面向西側，但對面有間獨棟的房子擋住了午後的日曬。在這個季節，一走出戶外不必忍受迎面襲來籠罩全身的熱氣，著實令人感激。緩緩走下樓梯後，到了馬路上。一轉過頭，重森小姐還在玻璃門後看著自己，他便輕輕點頭示意。

等同孫子輩年紀的重森小姐跟進藤老弟，還有相當於曾孫的一群活潑孩童。與澤從來沒想到，他們的笑容對自己來說比什麼都難受。

他刻意挑有陰影的地方慢慢走到公車站，在長椅上坐下來，拿出剛才那本雜誌放在腿上。

那是一篇採訪報導，照片上的人好像是位童話作家。內容是說他在大都市住了很久，去年跟太太一起搬回鄉下。報導上寫「同鄉的妻子」，可見應該是夫妻一同返回家鄉吧。文章裡提到「把一棟舊房子做了最基本的翻修」，換句話說，那棟「舊房子」就是與澤曾經住過的家。

大約二十年前，長期獨居在那個家的母親過世之後，與澤就賣掉那棟房子。當年他賣給房屋仲介，之後是轉賣給其他人，還是直接打掉重建，他毫不知悉。

「屋主居然這麼年輕啊……」

話說回來，房子賣了已經超過二十年，在這對夫妻之前可能還有別人住過，照理說應該有的。不過報導中並沒寫到這一段。

對了，節慶時節快到了。

與澤盯著照片中的大海，突然想起來。

那個小鎮應該快到了每年節慶的時期。

這時，遠處傳來引擎聲，他趕緊將雙手在腿上使勁一撐起身。然後每次動作稍大，就會感覺到的一片空白再次浮現眼前，他趕緊用掌底敲敲自己的太陽穴，想把這股感覺趕走。

小時……小時。

一回到家，鳥籠裡的鸚鵡就叫個不停。

啾、啾啾……

小時是亡妻給鸚鵡取的名字，聽到別人總這樣叫自己，久而久之鸚鵡也反覆有樣學樣叫了起來，模仿的是妻子的聲音。與澤覺得太難為情，從來沒這樣叫過鸚鵡，鸚鵡當然也無從模仿。話說回來，鳥類原本就比較容易記得頻率較高的聲音，據說男性的聲音不太容易模仿。

「過來吧。」

旁邊有個保鮮盒，裡頭放了麵包屑。與澤抓了一小撮，從鳥籠網之間丟進去。鸚鵡一下子就飛到小棲木上，用白色的嘴巴銜起麵包屑。與澤心想，不知道能不能也讓鸚鵡模仿他的聲音，於是在妻子過世後，每次他餵食麵包屑時都會說句「過來吧」，但目前看來尚無成效。

他走到廚房，聞聞鍋裡的味噌湯，開了火熱一下。配上事先煮好的飯，還有早上沒吃完的竹莢魚乾，就是一頓晚餐。一邊咀嚼，一邊聽到外頭傳來雨聲。

雨，下了一整晚。

到了隔天下午雨也沒停，與澤就坐在客廳的沙發上聽著雨聲。他想到自己死後的松果俱樂部。重森小姐、進藤老弟，還有那群孩子，外加偶爾打照面的中年館長。這些人，究竟會是誰第一個聽到他過世的消息呢？或者大家都不會發現？孩子們的家長中，並沒有與澤直接認識的人，所以孩童不太可能會從大人的交談中聽到與澤的死訊。如果員工有人偶然從別處得知與澤過世的消息，一定不會告訴孩子們吧。跟與澤一起說故事給孩子聽的妻子，在三個月前過世時，他們也沒對孩子提起。

想著想著就打起瞌睡。

醒來之後，先前的雨似乎消失無蹤，西下的陽光映入室內，榻榻米染得一片紅通通，隔著蕾絲窗簾出現美麗的夕陽。這棟像被時間遺忘的古老建築有五層樓，與澤家位於一樓。但建築物本身位於一處面西側的高地上，所以能看到一整片絕美的夕陽景致。他站起身，拉開窗簾跟紗窗。亡妻幾年前買回來的月桂樹盆栽，葉子看起來還是溼的。烏雲散去大概還沒很久吧。

他在曬衣桿中段發現了一顆奇妙的水滴。

這根曬衣桿已經用了很多年，是鐵製桿子外頭包一層塑膠的便宜貨，水滴就出現在塑膠外皮劣化剝落的地方。眼看著一陣微風吹過就會落下來的水滴，形狀非常美麗，就像在眼藥水廣告看到的那樣。與澤不經意湊上去看看，竟然看到了令他懷念的事物。但這只是他的感覺。

這股感覺很籠統，但那顆水滴之中彷彿有什麼能在自己內心深處引起共嗚。他又把臉湊近了一些，不過因為老花眼看不清楚，只得把臉往後退一些觀察。只是這麼一來卻又離得太遠，看不明白。他直接走進屋裡，顧不得關起紗窗，戴起矮桌上的老花眼鏡，拿一支過去跟妻子一起用的放大鏡。然後再回到窗邊，拿起放大鏡湊近看仔細。

一瞬間，他倒抽一口氣。

人家說不敢相信自己的眼睛，原來就是這個意思啊。

故鄉的海就在眼前。

那是他年少時，站在庭院的月桂樹下等待節慶演奏開始同時眺望的大海。在月桂樹的枝葉下，有一整片映著夕陽染成橙紅色的水面，無邊無際。與澤無法理解究竟是什麼狀況，他只是目瞪口呆，看著這幅懷念的景色出了神。

當他發現其中奧妙時，忍不住失聲笑了。

「原來是反過來啦……」

他放下放大鏡，看到眼前被夕陽映得橙紅的天空，前方是一片房舍的屋頂，以及比較低矮的樓房。這幅景象在光線折射下顛倒，在水滴中映射出令他懷念的景致。上下顛倒之後，天空變成海，建築物群看似一叢叢葉片。與澤再拿起放大鏡，仔細觀察了一下。一旦了解個中玄機，怎麼看都只是從陽台看去呈現上下顛倒的景致。原本激動的心情一下子頹萎，與澤垂頭喪氣，但他靈機一動摘下老花眼鏡，眼睛湊近放大鏡。

「哦！」

在他老花眼之下的朦矓視野，再次出現令他懷念的風景。月桂樹的枝葉及大海。從他出生之後一直居住的那個家，自庭院望出去的景色。念小學時，他會在這個地方望著橙紅色的海面，一邊等著節慶的演奏。他期待的並非節慶活動，而是能見到身穿可愛浴衣的小時。

與澤蹲下身，摘下一片盆栽裡月桂樹的葉子。乾癟的手指一搓揉，立刻散發出清爽的香氣。他聞著這股香氣站起來，又把視線轉往放大鏡中的景色。對啦，那時候他也一樣，搓著月桂樹的葉子一邊等待。想像著身穿浴衣的小時出現在海邊一排攤位的路上，一顆心怦怦跳個不停。

他深深吸了一口葉片的芳香，閉上雙眼。
放大鏡裡的景色瞬間蔓延，包圍著與澤。

搓揉月桂樹葉片的手指頭冒著汗水。

不知道哪裡傳來暮蟬的鳴聲。遠處還聽到汽笛的聲音，眼前的海面上卻看不到船隻的蹤影，只有一隻烏鴉沉重地拍著翅膀飛過。太陽已經下山了。

「你不去節慶活動啊？」

一轉過頭，看到把和服袖子捲起來露出雙臂的奶奶，正望著自己。她曬得黝黑的臉龐，映著夕陽閃閃發光。看到她手上的小毛巾滴著水，想來是剛才在井邊洗菜吧。

「再等一下。」

「你媽有沒有給你零用錢啊？」

還沒回答，奶奶就走過來，從衣帶裡掏出一個小紅包。然後回頭瞄了一下家裡，再誇張地壓低聲音湊上臉。

「拿去玩個抽獎。」

他用力點點頭，接過小紅包。隔著袋子用手指掂了掂，裡面似乎放了一元硬幣一枚……不對，是兩枚。

「別告訴你媽唷。」

他把紅包袋塞進長褲的口袋，但隨即想到右邊口袋底破了個大洞，趕緊換到左邊口袋。

「你要跟朋友一起去呀？」

湊近一看，發現奶奶髮鬢花白不少。

「對，要跟朋友一起去。」

他扯了謊。其實他根本找不到可以一起逛節慶活動的朋友。

不過，無所謂。一個人才能埋伏等候小時。

小時應該會獨自走到舉辦節慶活動的這條沿海道路。他早打聽好小時跟朋友約定的時間及地點，就在神社的鳥居。他先前在嘈雜的教室裡偷聽到，她們約好一聽到節慶演奏響起就出門。

「別遲到嘍。」

奶奶背後的竹竿上晾著洗好的衣物。薄上衣的兩隻袖子穿過竹竿，小毛巾、內衣褲這類就用竹製曬衣夾夾住，在若有似無的風中搖曳。曬衣桿旁邊是龜裂的老舊外牆，在夕陽下染得一片紅。

「你被蟲子叮啦？」

「什麼？」

「你用那個擦啊？」

奶奶笑咪咪地看著他的右手。月桂樹的葉片聽說可以治蟲咬。

「沒有啦。我聞聞味道而已。」

他搖搖頭，沒來由地用右手緊緊握著摘下的葉片。

每次家裡只要有人被蚊子叮了覺得癢，奶奶就會摘幾片葉子搗碎了塗在被叮咬的部位。家裡好像只有爺爺不太喜歡這葉子的氣味，所以每次被蚊子叮都會設法瞞著奶奶。但最後終究被識破，所以只要奶奶在客廳搗起葉子，爺爺就拿著報紙在家裡晃來晃去，盡可能不跟奶奶打照面。他甚至看過爺爺差點要到廚房時，因為看到奶奶在裡頭，倏地停下腳步直接向後轉身離開。

奶奶用拳頭在腰部捶了兩三下，然後搖頭晃腦地一邊從後門走進屋裡。

他右掌心裡的葉片被捏爛了，他隨手扔在地上，繼續站在月桂樹下。右手往上一伸，又拔下一片新葉子，還扯得樹枝沙沙地不停搖晃。如果拿給小時聞，她說不定會很喜歡。想到這裡，忽然懂得自己剛才迅速想把葉子藏起來的原因了。

節慶的演奏怎麼還沒開始呢？

（二）

一想起自己做的事，與澤真想找個地洞鑽。

不知道對方突如其來收到一封陌生人的來信，會怎麼想呢？可能覺得是惡作劇，也可能相信他是誠心請託。總之，可以肯定的是感覺都不會太好。

在陽台上看到那顆水滴的當晚，他就寫了那封信。然後兩天前，也就是昨天早上投遞，說不定此刻對方已經收到了。

收件地址是過去自己住過的那個家，收件人則是雜誌上報導的那位童話作家。一共用了六張信紙，裡頭寫了與澤的請託。

他把這當做作是人生最後一次的恣意妄為。

「算啦，提心吊膽也不是辦法。」

即便對方回信，最快也得到明天或後天吧。

看完早報之後便無事可做。先幫鸚鵡換過飲水，然後打開電視，直接躺在抱枕上，睡睡醒醒好幾回。到了中午，他繼續拿起早報看。午飯就簡單吃了昨天在超市買的現成滷菜跟醃菜，然後整個下午唯一做的事就是等肚子餓。

接近傍晚，他終於下定決心起身，從窗邊望出去，天空已經染成一片淺紫色。他望了望曬衣桿，但今天沒下雨，當然不會出現水滴。

他到廚房用杯子接了一杯水，拿到陽台，在他先前發現水滴的位置，輕輕從上方倒水。水從曬衣桿外層塑膠皮的破裂縫隙，慢慢滴下來，一會兒之後間隔越來越久，直到最後，水滴沒落下，而是類似附著在塑膠皮上。但，看起來不一樣，水滴沒有兩天前的那麼大顆，裡頭也沒有那幅令他懷念的景致。

「好難啊。」

嘗試了幾次都沒成功，他便死心回到屋裡。

難道非得雨水不可？還是曬衣桿的狀態不佳呢？比方說，上一次是桿子上沾了灰塵，剛好搭配了其他條件，才能孕育出那麼美的水滴。

小時……

鳥籠裡的鸚鵡低聲喃喃。

「過來吧。」

他拈了一撮保鮮盒裡的麵包屑餵食鸚鵡。

這隻母鸚鵡是妻子買回來的。事前沒有任何徵兆，有天下午，妻子出門購物遲遲沒回來，就在他擔心時，妻子突然拎著一只鳥籠回來。就是同齡的兩人在教職退休的那一年冬天。所以這隻鸚鵡已經十幾歲，換成人類的話，跟與澤一樣都是不折不扣的老年人。據妻子說，鸚鵡的壽命長的也不過十二、三歲，也就是說這隻鸚鵡應該來日無多。

早安。你好。唉呀凸肚臍阿松來個翻跟斗。妻子試圖教鸚鵡講很多話，但大概是這隻鸚鵡不怎麼靈光，到最後只記得自己的名字。

「喂。」

他開口叫喚看看。鸚鵡眨了眨眼，繞幾下頸子，然後啄起自己白底帶淺綠、淺黃色的羽毛。只見棲木下方不斷落下宛如蒲公英冠毛的羽毛。

他望著這幅景象，突然靈機一動。

「送我一根。」

他輕輕從鳥籠門口伸進手，拈起一根掉在籠底的羽毛。接著他戴起矮桌上的老花眼鏡，把羽毛拿到面前，看到前端如同雪花結晶一般的分支。

「風箏線，風箏線呢？」

他到櫃子裡打開妻子常用的那個抽屜翻找一下卻沒找到，然後又到廚房裡看看裝保鮮膜、鋁箔紙等用品的抽屜，發現了做叉燒時綁肉的棉線，於是用剪刀隨手剪了一段。

「再來要……膠帶。」

他在電視櫃上的餅乾罐裡找到膠帶，把鸚鵡羽毛貼在棉線的一端。然後拿到窗邊，掀開窗簾，把棉線另一端穿過蕾絲窗紗。

羽毛處於從上往下垂的狀態。

「來看看會怎麼樣。」

他從矮桌上拿起茶杯，等棉線停止搖晃後慢慢接近。茶杯一傾斜之下，杯中的水緩緩接近杯緣，在表面張力作用下顯得膨脹，膨脹的部分一旦接觸到棉線，水就像溶化一樣滲進棉線纖維裡。接著茶杯傾斜的角度再大一點點，水滴就會直接沿著棉線往下滑。他盯著水滴的動向跟著彎下腰，到最後直接蹲下把臉湊近。水一碰到羽毛，羽毛就像受到驚嚇似地先縮起來，然後完全伸直，眼見透明水滴在羽毛前端慢慢聚集，膨脹……

「哇哇哇！」

他忍不住揚起嘴角。

「成功！成功啦！」

水滴裡再度出現那幅景致。

與澤小心翼翼地轉過身，維持四肢著地的姿勢一邊拿起矮桌上的放大鏡。

「哇！」

他用放大鏡觀察著水滴，大吃一驚。

水滴裡的景致比兩天前看到的懷念光景更栩栩如生。

「這是……盆栽的關係嗎？」

妻子栽種的柚子、番茄、羅勒、荷蘭芹，各種盆栽、植栽槽在陽台欄杆前排成一排。一株株植物的枝葉陰影在水滴裡上下顛倒，看起來就像昔日庭院裡那棵月桂樹的枝葉。嗯，但這樣還不算完美。一旦想一一計較下去就沒完沒了。

「再低一點……啊，還是高一點？」

盆栽的位置很低，導致陽台的欄杆也進入了水滴中的景致。與澤站起身，套了拖鞋走到陽台上，想找個方法把盆栽放到稍微高一點的地方。

「對了！用書！」

他轉身回到屋裡，走到隔壁房間。直達天花板的書櫃裡塞滿了書本，櫃子上半部是與澤的藏書，下半部則是妻子的。他不好意思用妻子的書，於是從上層隨手抓了幾本。從書房也可以直接走到陽台，他拉開很久沒敞開的窗簾，撥開落地窗的鎖，穿著襪子就直接走出去。他把幾本書疊放在夕陽照射下的水泥地上，又回到房間從書櫃裡拿了幾本，在旁邊再疊成一堆。經過反覆幾次之後，陽台上已經多了一座用書本堆成的台子。然後與澤再把盆栽跟植栽槽一個個排放上去。

最後他摘一片月桂樹的葉子，回到室內。伸手用手背擦擦汗，蹲在棉線前面……

「哇嗚嗚嗚。」

下半段是夕陽下一望無際的大海，上半段則是繁茂的枝葉。眼前呈現的完全就是當年在那個院子裡越過月桂樹看到的景色。坐在地上的與澤抬起一隻腳，身子往前傾，左手撐著榻榻米，瞇起一隻眼用另一隻眼睛直盯著放大鏡。

還沒聽到節慶的演奏。

他站著持續望向海邊好一會兒，西曬的關係讓臉頰熱了起來。身後的小巷子傳來熱鬧的喧譁。那些一定是跟自己同校的學生。嬉鬧歡笑的聲音逐漸移動，然後越來越遠，最後隱沒在陣陣暮蟬的鳴聲中。

滴滴汗水沿著耳際滑落。

他想沖個水，於是走到井邊。幫浦的把手很燙，他便拿起盆子裡剩下的水往上澆。溼答答的把手還是有點熱，但他勉強握住，用全身的力量上下擺動，終於在壓到第四下時，一股水柱用力從出水口噴出來，飛濺的水花在夕陽下閃閃發光。他用雙手接了水，直接往臉上潑。然後又潑了一次，第三下則張開口，吞了口冰涼的井水。

「阿昭，你還沒出門啊？」

媽媽從後門走出來，一臉驚訝。

「水不可以濺過來唷。」

媽媽在曬衣桿旁踮起腳，拍拍衣服確認一下曬乾了沒。接著似乎想起什麼，轉過頭來對他說。

「奶奶剛給你錢了吧？」

「沒啊。」

「騙人。」

媽媽皺起鼻子笑了，彷彿一切她了然於心。她一頭黑髮盤在頭頂，後頸的一小撮頭髮從頭巾旁邊冒出來，還隨著身體的動作搖晃。媽媽一年到頭都幫忙奶奶一起下田，手臂跟後頸卻依舊又細又白。

「媽，我問妳。」

有件事幾十年來一直想問。

「什麼？」

「我是獨生子吧？」

媽媽側著頭，用這個動作反問。從她眼角的表情看得出來，她很期待這個念小學的兒子會問什麼樣的問題。

「如果我以後沒有小孩，妳會不會覺得很遺憾啊？」

媽媽過了一會兒才笑出來，而且一笑就停不住。只見她用雙手遮臉，彎下腰外加肩膀抖個不停，最後總算用掌底擦掉眼淚，站起身來。她那張忍住繼續發笑的臉上，感覺同時也忍著哀傷。

「哎呀，阿昭，怎麼會問這麼怪的事。」

「媽，因為我總有一天會長大成人，跟女生結婚呀。然後大部分的人都會生小孩，但也有人生不出來嘛。如果我沒小孩，妳不就沒孫子了嗎？」

「這倒是。」

她連講這三個字都得克制住笑意。

「萬一這樣的話，妳覺得遺憾嗎？」

媽媽挺著下巴看看他，似乎想探尋這個問題的真正意義。

「只要你過得好，媽媽就高興了。」

「妳騙人。」

「真的啊。」

媽媽緩緩點了點頭，想為這句話加深印象。一陣夏風從媽媽背後吹過，把她後頸的一撮頭髮吹到下巴。

「那我再問一個問題。」

他抬起頭看著媽媽。

「如果妳沒有小孩，會怎麼辦？」

「怎麼辦……你就不在這裡了呀。」

「不對，我不是問這個啦。」

他整理一下思緒重新解釋。

「我是說，假設妳想要有小孩，但就是沒能如願，然後就這樣變成老阿婆的話，妳覺得怎麼樣？」

「這輩子見不到阿昭，當然會很難過嘍。」

媽媽一說完，好像立刻發現這不是問題的答案，隨即接著說：「我非常想要小孩，如果不能如願，大概會很傷心吧。」

「要是這樣，妳覺得還有什麼意義嗎？」

「嗯？」

「我是說，妳覺得人生還有什麼意義嗎？」

媽媽眨了眨眼沒作聲。

「因為哪天自己死掉了，又沒有小孩，不就什麼都沒留下嗎？」

「阿昭，你怎麼啦？」

「妳告訴我嘛。」

一回過神來，發現自己踮起腳尖，臉湊近媽媽。

過了一會兒，媽媽才回答：「除了小孩以外，人還有很多東西都可以留下來呀，像是做過的工作。」

「那如果連工作也什麼都沒留下呢？像是對任何人都沒幫助的工作？」

說到最後，不自覺泛起淚水。

媽媽也察覺到了，一臉正色看著他。

「阿昭，你到底發生什麼事了？」

「媽媽，我……」

這時，媽媽的肩膀像被什麼刺到，輕輕震了一下。只見她茫然抬起頭四下張望。從兒子頭頂看向月桂樹、大海、背後的小巷子、曬衣桿的另一頭、房子的後門、暮蟬的鳴聲。然後另一頭傳來的……

「好像有聲音響起了。」

媽媽朝著那個方向微笑。

「對耶。」

響起的是電話鈴聲。

他回過神來站起身。

「好痛啊！」

維持同一個姿勢太久，膝蓋關節痛得沒法順暢活動。他把雙手放在腿上，屈著上半身穿過客廳，拿起放在廚房架子上的電話筒。

「喂……是的，我就是與澤。」

對方報上姓名，但一時之間他還沒弄清楚是誰。

只不過兩天前的晚上，自己還親手在信封上寫過這個名字……也許是因為第一次聽到這個名字發音的關係。對方簡短自我介紹之後，與澤大吃一驚。

「呃……是的，是的，請恕我冒昧打擾……」

他耳朵緊貼著話筒，不自覺彎腰點頭，然後才突然想起自己在信末為了保險起見還附註自家的電話號碼。不知為何，自己一廂情願以為對方會回信，其實也可能打電話來呀。

「您可能覺得很意外，或該說莫名其妙，總之，我知道這實在強人所難……咦？」

對方在笑聲中的回應，讓與澤跌破眼鏡。

童話作家說願意接受他的請託。

「不過，這……」

明明是自己提出的請求，一時之間卻難以置信。

「這麼莫名其妙的請求，為什麼您……」

對方回答，他能理解。突然覺得雙方的對話還滿有趣。

這個人還真與眾不同。與澤聽著他的笑聲，幾乎要萌生一股欽佩之意。

他試著想像，過去曾住在這間屋子的人突如其來寄了一封信，信上寫了一堆令人摸不著頭緒的話。什麼可不可以讓我聽聽節慶演奏，能不能在電話裡讓我聽聽沿著海邊一路響起的節慶演奏。正常情況下想必讓人頭上冒出一大堆問號，然後懷疑這是不是最新的詐騙招數吧。——電話由我撥過去，費用我來負擔，只要請您把話筒放在靠海邊的窗台上就行了。等到節慶演奏一結束，您可以直接掛掉電話。只是，在節慶演奏之中，您可能沒辦法使用電話，這一點將造成您的不便，還希望您能諒解——

（三）

「哇，好香，好像口香糖。」

重森小姐拿起與澤裝在塑膠袋裡帶來的月桂葉，貼近鼻子聞了聞。她好像是第一次看到新鮮的月桂葉，一邊遞給旁邊探過頭來的進藤老弟，「你聞聞看！」結果他也一臉驚訝。

「聞起來真的有口香糖的味道耶。」

走廊盡頭的遊戲間傳來孩子們嬉鬧的聲音，說故事時間馬上就要開始。這次結束之後，還剩下兩次，就得跟孩子們、重森小姐還有進藤老弟道別了。

「你們倆跟我剛好相反。我反而是第一次吃到口香糖時覺得，啊，這就是月桂葉的味道。還有啊，像這樣撕碎了揉一揉，聞起來更香哦。來，重森小姐妳也試試看。」

他又拿出另一片葉子遞給兩人，兩人拿起葉片在鼻子前搓揉，隨即露出比與澤想像中更誇張的表情。

「我家裡還有很多，你們喜歡的話，我明後天再多拿點過來。」

當初是妻子發現區公所刊物上的「說故事義工」徵人啟事。記得是在盛夏時節，所以剛好是兩年前的事。嘗試跟對方聯絡之下，似乎還沒人去應徵，所以馬上就錄取了。雖然只需要一個人，但夫妻可以一起，於是每週一、二、三，有三天時間兩人會來到「松果俱樂部」，讀童話故事給一群孩子聽。

妻子因腦溢血過後，與澤便一個人來讀故事。

跟妻子一起時，他們倆會讀在圖書館裡挑選的童話故事書。有時兩人輪流朗讀幾頁，或者當書中人物出現對話時，他們會各自扮演其中角色讀台詞；偶爾由妻子單獨朗讀，與澤則不時在旁邊穿插「哇！」、「究竟是怎麼回事？」之類，看似誇張地附和。來這個兒童館的孩子多半是小學低年級學童，還不太有定性，如果說故事時不多花點心思，他們沒多久就在下面講起話，或是干擾旁邊其他小朋友。

妻子在三個多月前過世時，與澤曾請假一段時間。

那段期間，他本來決定不再當志工了。因為妻子的死，讓他覺得人生好像從他身上從此抽離，他的內心冰冷，任何思考都是折磨。他心想，這輩子再也沒辦法到圖書館選書，也不能在孩子面前朗讀故事了。辦完妻子的後事，一個月後，他前往松果俱樂部告訴館方這個決定。一走進玄關的玻璃門，就有一群孩子比職員更快發現他的出現，歡聲四起。他還來不及向重森小姐或進藤老弟說明來意，身邊卻已經圍繞著好幾張小臉。

「呃，我有件事想跟妳說。」

他對一臉狐疑的重森小姐說的這句話，也被孩子們的吵鬧聲蓋過。與澤只好在地板上坐下來，除了回應那些來打招呼的小朋友，也想最後再為他們唸一個簡短的故事。他看看旁邊的書架，每一本書都很破舊，看來全都像是孩子們已經讀得不想再讀的書。

那是他第一次講自己編的故事。

是一個他在幾十年前就想到，在那個小鎮上講給小時聽的故事，內容講的是螢火蟲跟獨角仙。

「很久很久以前，螢火蟲是不會發光的唷。發光的不是螢火蟲，而是獨角仙。獨角仙不是有一根大大的角嗎？那根角的前端啊……」

由於之前從來不曾沒看著書講故事，一開始孩子們都露出一臉驚訝地豎起耳朵。然後大夥兒的表情不知不覺變得認真，一回過神來，才發現遊戲室從來沒那麼安靜過。在面對面、眼神交會之下，聽故事的孩子們也會跟著專心吧。

故事說完之後，他覺得自己的內心似乎輕鬆了一些。孩子們稚氣的臉上也露出感覺意猶未盡的表情。

再試一陣子吧。他心想。

從那天起，他每星期來這裡三天，直到現在。每次都講自己編的故事給孩子們聽，故事要多少有多少。每次見到小時，都會說些預先想好的故事給她聽，也有些她沒聽過的故事。而這些故事即便過了幾十年，他仍忘不了。

「真想讓小朋友們也聞聞這種葉子。」

重森小姐揉著月桂葉，轉過頭對進藤老弟說。他聽了也猛點頭，表示贊同。

「好啊，我就多帶點過來。」

當初妻子是在什麼樣的心情下提出想應徵松果俱樂部的志工呢？夫妻倆從來沒好好談過這件事，現在也無從得知了。至於與澤，當初抱持的是想到這個地方瞧瞧，因為總感覺能在這裡找到自己遺忘很久的東西。於是，他答應妻子的提議。

不過，他終究沒找到遺忘的東西。到底要找什麼？具體說來他自己也不知道，但沒找著的心情確實像溼透的砂礫，一點一點沉重地埋在他的胸口。妻子在世時他沒察覺到那攤砂礫，直到她離開後才發現，既冰冷，又沉重。

他原先期待的一定是更重要的事物。無論是自己成為教師時，或是開始讀故事給孩子聽時，他認為自己的聲音、話語，可以改變其他人的人生。或許有一天，會在信箱裡收到畢業生捎來的信，信中以工整的字跡描述對他的感謝。像是當年多虧有老師的教誨之類，以筆墨也道不盡的感激之情。照理說，這類狀況應該在他的教師生涯中不知道發生過多少次。然而，實際上他卻從來沒收到這種信件。當然，原因大概是他作為一名教師的能力不夠，不懂得如何掌握孩子們的心思，正因為是自己的責任，才更感到有揮不去的空虛。

即便在這個松果俱樂部，孩子在聽著自己的故事時，有的露出笑容，有的一臉認真，但只要一回家打開電視，他們肯定全忘得一乾二淨。

自己一事無成。搞不清楚活了幾十年的意義究竟在哪裡。嗯，應該根本不存在吧，就連能繼承自己的小孩也沒有。

二十多歲時，與澤跟妻子都忙於工作，壓根沒餘力去想生小孩的事；眼看著快邁入四十歲，兩人終於下定決心上醫院求診，檢查之後結果雙方身體上都沒有問題。醫師建議他們可以試試人工授精，但妻子沒什麼意願，結果隨著時間過去也不了了之。等到幾年之後，已經來到不容易生育的年紀。

在妻子過世之後，與澤曾思考過她為鸚鵡取名叫「小時」的原因。可能她本來想取個像小孩的名字，但顧慮到與澤的想法，最後才會取了這個名字吧。

「呃……時子姊的法事……」

重森小姐手拿著葉片，語帶謹慎先開了頭，然後進藤老弟接著說：「過幾天就要滿百日了吧，我們倆商量過，想在百日的法事上致個意。只是我們並不是家屬，怕這樣的要求太沒禮貌。」

「呃，這個……」

倒不是沒想到他們會提起這件事，但與澤仍顯得有些不知所措，避開視線。

「你們倆在七七四十九天的時候也來過了……」

他含混回答之後，裝作陷入沉思。兩人偷瞄對方一眼，輕輕點了一下頭，表示待會兒再說。這時，辦公室門口隱約看見裙子的一小角，大概是哪個小朋友要到走廊上的洗手間吧。

電話鈴聲突然響起，進藤老弟繞過辦公桌接起電話。與澤趁機把臉湊近重森小姐。

「月桂葉曬乾之後也可以入菜唷。下次用月桂葉做料理給進藤老弟如何？」

「咦？我做給他？」

重森小姐驚訝地往後退，眼睛睜得大大的。

「少來啦，我早就知道了。別再裝嘍。」

她趕緊轉過頭看了一下正在講電話的進藤，然後又直視與澤，尷尬地癟了癟嘴。

「拜託您別跟館長講。」

「不說，不說。我這個人，嘴巴可是很緊的。」

與澤舉起拳頭碰了下嘴巴，發出幾下彈舌聲。

「嗯？還沒討論結婚的事嗎？」

「唉唷，連八字都還沒一撇啦。」

她作勢要打與澤。白皙的肌膚很容易看出臉頰因為情緒激動而泛紅。

「啊，時間到啦。與澤先生趕快去遊戲室找小朋友吧，快點。」
「哇，妳好難得還會催我。」
「好啦，別鬧我了。」
與澤縮起脖子，搖搖晃晃帶著戲謔的腳步離開辦公室。只是他一到走廊上的瞬間，嘴角的微笑便消失。在走進滿屋子小孩的遊戲室前，再次努力擠出笑容。

（四）

那位童話作家真的會接電話嗎？
與澤回到住處後，用膠帶在棉線一頭黏上另一根新的羽毛時，想起來依舊半信半疑。前幾天對方答應自己的請求，會不會只是開玩笑？說不定自己被嘲弄了。萬一到了約定的時間打去，根本沒人接電話呢？也可能他留下的電話號碼其實是錯的。打去之後是個陌生人接的，得在茫然中拚命解釋，自己還會被當成怪人。就在這番疑神疑鬼之中，想起那天電話中童話作家從頭到尾聲音裡都帶著笑意，難道是有什麼陰謀？搞不好那陣笑意並不是因為雙方對談愉快，而是欺騙獨居老人太好玩，忍不住笑了。

「唉，懷疑人家真不應該。」

他打開紗門走出陽台。

天空被夕陽染得一片紅，建築物在背光之下輪廓顯得清晰。陽台欄杆前有一疊疊書本，上方排放著盆栽。

他摘下一片月桂葉，回到屋裡。敞開窗戶跟紗門，在茶杯裡倒了水，然後就跟上次一樣，小心翼翼地把茶杯拿到棉線旁邊斜放。

小時……小時。

鳥籠中的鸚鵡唸唸有詞。

啾啾啾、啾啾……

牠站在棲木上，好像很無聊。

「再過不久就把你放生啦。」

他打算在死前放鸚鵡自由。

他走到廚房，把櫃子上的電話拉到客廳來。先前還擔心電話線的長度，不過看來拉到窗邊都沒問題。電話上還貼了一張便條紙，上面寫著童話作家告訴他的電話號碼。

他單腳跪坐在榻榻米上，看著羽毛前端。非常順利地產生了跟上次一樣的水滴。

「太好啦。」

牆上的時鐘顯示，六點二十五分。

在上次的電話交談中，與澤跟對方商量打電話的時間，對方說六點半正好。那個時間節慶演奏已經開始，而且準備繞到沿海的這條路上。據說這些資訊還是他事先向區公所詢問過的。

節慶活動從今天開始，為期三天。

總之，等六點半一到，與澤就打電話過去。

他坐在榻榻米上，雙手交叉胸前盯著電話。不知道是不是因為放在不同地方，看起來突然覺得像一具陌生的機器。按鍵空隙間的黑色髒污應該是手垢吧？妻子在世時，會認真打掃家裡，每兩三天就會用抹布把電話擦一遍，但似乎沒仔細到連按鍵縫隙都擦拭。看著一道道黑色髒污，體認到她已不在人世，有種說不出的異樣感覺。

沉思了一會兒，他抬頭看看時鐘，指針剛好停在六點三十分。與澤拿起話筒貼在耳邊，依照著便條紙上的電話號碼，一一確認之後按下按鍵。

耳邊隨即響起嘟嘟聲，他抿著嘴等候應答。嘟嘟聲持續不斷響起。他腦海中浮現了情景：在一處陌生公寓中，空無一人的房間，惱人的電話鈴聲響個沒完沒了。他甩甩頭，趕走這般荒誕的想像。換上的畫面是在昔日那棟房子裡，家中一隅的電話響起，雜誌照片上那個滿面笑容的童話作家，對於跟一名怪老人的麻煩約定感到後悔，卻也不得已耐著性子瞪著電話。

嘟嘟聲停了。

明明聲音斷了，耳際卻好像有一股巨響灌來，讓與澤一驚之下挺直了上身。

「呃……喂？」

沒有人回應。

什麼都沒聽見。

不，他聽見了。衣服布料摩擦的聲音，還有緩慢的規律聲響。這是腳步聲嗎？

「喂喂，我是……」

喀，話筒傳來短促的一聲。

他把全副精神集中在右耳，卻什麼也聽不見。但是電話並沒有掛斷。

「喂喂……」

話還沒說完，就聽見一個聲音響起。

那是節慶的演奏。聽起來好遠、好細微。但只要豎起耳朵，就能聽得很清楚。聲音從貼緊話筒的耳朵傳進來，漸漸擴散到身體的每一處。那段節慶演奏的旋律。沿著海邊道路前進的高台。穿著短褂的男女演奏竹笛與太鼓。一切都沒什麼改變。即便經過幾十年，這段樂音還是與記憶中一模一樣。

與澤拿起旁邊的放大鏡。
那一天的黃昏情境，就在眼前。

一聽到節慶演奏，就從院子裡的黑土地上衝到外頭的路上。

竹笛跟太鼓的聲響，從夕陽那一頭響起。小時已經出門了嗎？她是不是已經走在通往海邊那條蜿蜒的下坡路上了呢？一路上跑過家家戶戶，都看到燃燒麥稈的餘燼，那是盂蘭盆節最後為了送走祖先靈魂在家門口燒的火。這時，突然聽到木屐腳步聲，可能是小時。

他停下腳步，調整呼吸。然後又慢慢地往前走，到了丁字路口前窺探著通往海岸的那條下坡路。遠處有三名男子、兩名女子各自成群，似乎邊走邊聊。在他們後方則跟著另一個嬌小的背影，身穿浴衣。一個人獨自走著。身上穿的浴衣是白底紅色圖案。那個人是不是小時呢？

突如其來心頭一驚，轉過來一看，小時竟然就站在自己旁邊。

一身浴衣的她驚訝地看著他。

「阿昭你也要去節慶活動嗎？」

小時納悶地偏著頭，剪齊的瀏海搖晃之下，露出白皙的額頭。小時的浴衣是宛如金魚的橙紅色，木屐擦得很乾淨，前端鮮紅色的鞋帶下方，露出她整齊併攏的一雙小腳。

「對呀。」

「一個人去嗎？」

「不是哦，我跟朋友約好了。妳呢？」

「我也要跟朋友一起去。」

「約在哪裡？」

「神社那邊。」

「我們約在神社再過去一點。」

「那一起走過去吧。」

他點點頭。眼看著小時遲遲沒動作，他只好假裝伸個懶腰往前走，然後就聽見木屐的聲音跟上來。他稍稍加快腳步，小時的木屐聲也跟著快了起來。他假裝停下來抓抓右腿，等候小時跟上來，然後兩人肩並肩地走。小時不發一語，只是輕鬆地用鼻子哼著歌，哼到最後一句時她開口問：「你又寫故事啦？」

「是呀。」

他懶洋洋地回答。

「真的嗎？什麼樣的故事？」

小時抬起頭，一雙眼睜得好大。

「呃，螢火蟲的故事。螢火蟲跟獨角仙。」

「又吵架嗎？」

上次被媽媽指派去小時家，拿了奶奶自製的菜瓜布刷子過去，當時跟她說了海螺跟蜆在河流出海口吵架的故事。

「沒有啦。」

節慶演奏越來越大聲。下坡路緩緩蜿蜒，兩人被夕陽餘暉領著往前走。

「這次是什麼故事？」

小時的浴衣散發出隱約的樟腦味。

「我告訴妳，螢火蟲其實一開始並不會發光。很久很久以前，螢火蟲不會從肚子發光，會發光的是獨角仙，不是螢火蟲。」

小時似懂非懂，輕輕點了點頭，等著他往下說。

「獨角仙帶著閃閃發光的光之箱。獨角仙不是有一對很大的角嗎？前端分叉成兩支的地方就挾著光之箱。到了暗處就能照亮，所以獨角仙無論哪裡都能去。」

「就像燈籠嗎？」

「對。所以每到晚上，大家都很羨慕獨角仙。」

其中最感到欣羡的就是螢火蟲。因為牠自己沒有任何優點，平凡得不得了，又老是在黑漆漆的地方飛來飛去，有時候一不小心還會掉進水裡。

「於是，有一次螢火蟲想到了。乾脆把獨角仙帶的那個神奇光之箱偷過來。」

轉過一處轉角後，眼前出現一片大海。橙色的陽光映在臉上，小時臉上一定也映著同樣的光芒吧。他直視著前方，繼續說故事。

「有一天晚上，螢火蟲趁獨角仙睡覺時接近牠的窩。獨角仙的窩就在一棵大樹的樹洞裡。獨角仙渾然不知，睡得又香又甜，光之箱就在牠的兩根角之間靜靜發光。」

螢火蟲靜悄悄地靠近，伸出手碰到光之箱。

「不會燙嗎？」

「不會呀。我們平常碰到螢火蟲也沒事吧？」

小時用力點點頭。

「螢火蟲用雙手一拔，就把光之箱從獨角仙的角上拆下來。」

他用掌心拍了一下嘴，發出「砰」的聲音之後繼續說。

「箱子比螢火蟲想像中來得更重，而且真的很漂亮。螢火蟲側抱著光之箱，躡手躡腳地準備走出獨角仙的窩。不過……」

他稍微放慢腳步。小時腳下的木屐聲同時也跟著變慢。左右兩排人家門口都拉起節慶活動用的藍白色布幕。

「就在這時，獨角仙突然醒了。牠發現角前端的光之箱不見，一驚之下抬起頭，看到窩的出口很亮。藉著那股亮光，牠清楚看到正想偷偷溜走的螢火蟲。獨角仙氣得衝過來，螢火蟲發現事跡敗露，倉皇逃走。但是，光之箱實在很重，讓螢火蟲飛不起來，只能用跑的。獨角仙也因為少了照亮眼前的光之箱，沒辦法飛行，一樣用跑的去追。螢火蟲拚命跑，獨角仙一個勁地追，牠們倆之間的距離越來越近，眼看就快要追上了。螢火蟲心想，完蛋了，但牠說什麼也不肯歸還光之箱，一心一意想佔為己有。於是，螢火蟲決定使詐。牠在被獨角仙追上之前用力把嘴巴張大，然後將光之箱一口吞下。」

他停下腳步，轉過頭與小時面對面。小時似乎懂得他接下來要說的話，一方面卻又沒什麼信心，焦急地睜大眼睛看著他。

「所以現在變成螢火蟲會發光，而且因為光之箱很重，螢火蟲飛起來總是搖搖晃晃，偶爾飛累了還會一頭往地上栽，對吧？」

小時很快地點了兩下頭。

「還有啊，妳有沒有發現獨角仙走路的樣子，好像永遠在找什麼似的？」

小時這次發出聲音，「嗯」了一聲。

幾個不認識的高年級學生，迅速從他們身邊跑過去，腳下的木屐喀啦喀啦作響。他瞄了那幾個人一眼，再轉回頭時，看到小時一臉笑咪咪。雖然不知道她為什麼笑，但也跟著露齒微笑。兩人就這樣面對面相視而笑了好一會兒。最後小時才像忽然想起什麼，收起笑容，轉過頭看看大海。不對，她是看著前方的神社入口。

「妳朋友已經到啦？」

鳥居旁邊聚集了很多人，先前在教室裡跟小時約好碰面的幾個女生也在那裡。

「嗯。」

「阿昭你也要等朋友對吧？」

「嗯。」

節慶演奏聽起來比先前更近了一些。身邊的喧譁不知不覺變得越來越大聲。

「小時，我跟妳說。」

他把手伸進右側口袋。

「妳猜這是什麼？」

他想拿出在院子裡摘的月桂葉給小時聞聞。不過手指碰到的不是葉片，而是自己的腿。原來他手伸進的是那個破洞的口袋。

「什麼啊？」

「喏，就這個。」

他趕緊把手伸進另一邊口袋，掏出奶奶給的紅包袋。

「我知道，是零用錢吧？」

小時信心滿滿地挺起下巴。

「沒錯。我奶奶給我的。我要用這個去玩抽獎，還有機器射擊。」

他握起一隻手放在嘴邊，做出模仿吹箭的動作。

「真好。」

「很好吧，我要跟我朋友一起玩。」

小時又在意起鳥居那邊的狀況，呵呵呵地邊笑邊走開。

「大家都在等妳呢。我跟朋友約的地方要再過去一點。」

說完之後，他立刻轉身，盡量繞過鳥居朝神社後方走去。一路上人越來越少，節慶演奏的樂聲也逐漸遠離。

他背靠在石牆邊眺望著大海，一邊在腦中數著數，靜靜等候。數到五十才離開石牆，不過為了保險起見，又再數了三十。他心想，應該安全了吧，然後才回到鳥居旁邊。小時跟她的朋友都已經不在原地了。

一個人走在夏日節慶活動裡，往來的人群長相都變得好模糊。太陽下山，從攤位之間看到的大海，已經倒映出夜空的景色。道路兩旁高掛的燈籠，變得明亮顯眼。燈籠外側寫的小鎮名稱，在燈籠內的燈火搖曳下，似乎只有文字特別突顯。

他經過偷窺箱攤位排隊的人潮之後，看到用毛筆字寫著「抽獎」的招牌。他閃過幾個走路不看路的大人，逐漸走近攤位。每經過一個人的身邊時，頭頂上就會大聲響起談笑聲，然後又立刻遠去。好不容易來到攤位上，旁邊的大木箱裡有好多獎品。髒兮兮的玻璃後方排放著手掌大小、閃閃發光的幸運福神「Billiken」、一整套漫畫「野狗二等兵」的面具組、漫畫刊物《少年俱樂部》、電晶體收音機，還有一只不知道裝了什麼的厚厚信封袋。裡面看起來好像一大疊鈔票，但那是不可能的吧。另外，還有自己曾吃過幾次的森永牛奶糖、從來沒吃過的獅王奶油球，有一只繫著誇張彩帶、刻有「東京奧林匹克運動會」的金牌，一定是冒牌貨，想必是店家自己亂打造的。但所有獎品中就數這一件最搶眼，而且就放在最引人注目的位置。

所有的獎品都用一條白繩子串起來。繩子集中在一處，然後用一塊四個角固定住的布遮起來，讓人看不出來哪一條繩子連到哪項獎品上。在遮布的另一側，各條繩子分開呈扇形排列，顧客付錢之後就能選一條繩子拉。不過，繩子的數量比獎品還要多，通常遮布底下會不知不覺多了好幾條繩子伸過來。多出來的繩子都是空包彈。

一家人圍在獎品箱旁邊觀察了一陣子，然後說反正一定有詐，有說有笑離開攤位。他立刻走過去，把肚子靠在木檯子上，仔細盯著旁邊一排繩子。每一條繩子看起來都差不多，而且前端都沾到手上的污垢顯得有點髒。無論拉了會中獎或落空的繩子看起來都一樣，繩子上的髒污想必是那個人故意弄上去的。他看著高聲吸引顧客的大叔。

「一塊錢就能抽金牌！」

他想要的是奶油球。黑紅格子的塑膠袋裡一共裝了幾顆呢？如果晚上能再遇到小時，就請她吃。一入口，整個嘴裡就會立刻擴散香香甜甜的奶油味，好吃到下巴都要掉下來。一想到這裡，忍不住流口水，口中突然瀰漫著那股陌生的奶油球滋味。

「我要抽一次。」

他從奶奶給的紅包袋裡掏出一塊錢，大叔應了聲「好！」收下錢之後用右手比了一下，要他挑一條繩子。

哪一條呢？他毫無頭緒。他猶豫不決伸出手，想抓住正中間的一條繩子，但想想還是放棄，把手收回來。換左邊那條，還是不好。最左邊那條看起來特別醒目，感覺好像在對他說些什麼。他立刻把手伸向那條繩子，但手指一碰到，瞬間覺得這跟其他繩子沒什麼兩樣。決定重選時，大叔卻提醒他只要碰到繩子就不能再換了。

沒辦法，只好握著那條繩子。

一握到的瞬間就心想「不對！」

他一驚之下看看大叔的表情，只見對方眼中帶著笑意，而且迅速別過眼神。他用力一扯繩子，另一頭什麼都沒有，唯有一條繩子自遮布下方穿過，從右手邊懸垂。

「太可惜啦！」

他把繩子還給大叔，離開攤位。

空氣中飄來一陣陣烤牛筋丸子的香味，一陣風吹過又傳來烤花枝的焦香。食物的香氣在和風中吹散，來自海上的潮溼空氣籠罩著四周。就在風停下來的瞬間，只有在那極短暫的片刻，潮水的氣味跟攤位的氣味會混在一起。那是獨自一人的氣味。就跟去年、前年一樣，孤單一人的寂寞氣味。

他停下腳步，用右眼瞄了一下紅包袋裡頭。還剩一枚一塊錢硬幣。肚子有點餓了，想拿去買吃的，但是嘴裡還留著沒吃過的奶油球氣味。他掏出硬幣握在手裡，掌心裡的一塊錢感覺似乎變得越來越厚，他甚至以為是兩枚硬幣疊在一起，但攤開掌心看看，真的只有一塊錢。轉過頭，看著遠處剛才那個抽獎的攤位，大叔的吆喝聲連在這裡都聽得見。那包奶油球待會兒就被別人抽中吃掉了吧？

他不自覺地撥開人群，回頭往那個攤位走去。腳步越來越快，最後幾乎是用跑的回到那個抽獎攤位。

「我要再抽一次。」

「好啊。」

第二次他更慎重挑選。

但結果還是沒能如願。

「小朋友，你想要什麼啊？」

他垂頭喪氣地把繩子還給大叔，大叔一臉同情問他。他沒作聲，只是伸出手指著那包奶油球，一瞬間心中湧現一股強烈的悔恨，趕緊縮回手握起拳頭。奶奶給的錢已經全都沒了。

「哦哦，是那個啊？很好吃哦，含在嘴裡，整個嘴巴都甜甜的。」

他從來沒吃過也跟著點點頭。這時，他突然想到，莫非大叔要把奶油球送給他？說不定看他可憐，會偷偷免費給他。他右手握起的拳頭更用力一些，然後連左手也握起拳，讓自己看起來懊惱到了極點。接著他又縮起下巴，緊抿著嘴唇，最後宛如條件反射，眼中還滲著淚水。

「好吧，下次再來試運氣嘍。」

大叔說完之後笑著用力拍掌，再把雙手放在嘴邊當作擴音器，又招攬起客人。他抬頭看看大叔，別說已經對他毫不在意，甚至根本像忘了他的存在，持續招呼來往的行人。

他離開攤位，無精打采往回走到神社。

在鳥居前面轉個彎，先前一路下坡的路開始出現上坡。他此刻的心情就像被潑了桶水，可憐兮兮，低頭看著黑漆漆的地上往前走。無論是遠處傳來的節慶演奏，或是自己的呼吸及腳步聲，聽起來都像浸在水裡一樣，冷冰冰。鼻頭好痛，強忍住就要落下的淚水。

「阿昭，你要回去啦？」

後面突然響起個聲音。

一轉過頭，小時就站在下坡處，抬頭看著他。他嚥了一口口水，盡量不讓自己的聲音聽來帶著哽咽。

「嗯，我有點事。」

「這樣啊。」

看不見她的表情，聲音聽起來卻若有所思。他默不作聲，正想再轉身往坡道上走時，小時突然踩著木屐喀喀作響跑過來。

「我忘了帶東西。」

小時一下子來到他身邊，說話時刻意沒看著他，逕自往上坡路走去。

「忘了什麼？」

「那不重要啦。」

聽不懂她的回答。

跟小時並肩走著，突然感覺到一股莫名的不耐。越走這股感覺越明顯，彷彿整個肚子都被揉成一團團的報紙塞滿，不知不覺厭煩了起來。

「我要一個人走啦。」

「為什麼？我們不是剛好同路嗎？」

「唉唷，我想一個人走啦。」

聽到他強硬的語氣，小時隨即停下腳步。路邊高掛的燈籠照到她的半張臉，就像個迷路的孩子。臉上難過的表情彷彿有人揪著她的胸口，只見她緊閉嘴唇低著頭。這時，他發現有東西掉在小時的腳邊。

是葉子。一片細細長長的葉子。

「這是我掉的。」

他不自覺蹲下身子。

「是你的？」

「嗯，是我摘下收起來的。家裡院子種的樹。」

大概是從口袋的破洞掉出來的吧。

「這是什麼葉子啊？」

「會發出香味的葉子。是我們家院子裡那棵樹的葉子。妳聞聞看。」

他把葉片折成兩半，拿到小時的鼻子前面。小時起初身子稍微往後縮了一下，但馬上就把鼻子湊近。她吸入的透明香氣彷彿滲透出來，只見她的雙眼頓時閃爍著光采。

「這是月桂樹的葉子哦。」

兩人就站在原地，輪流聞著葉片。覺得氣味消散後，就再用手指搓揉葉子繼續聞。小時的手指指尖纖細，非常可愛。最後葉片實在被揉得皺巴巴，兩人總算把葉子丟掉。這時剛好一陣海風吹上坡，葉片碰到小時的長髮後纏在一起。兩人面對眼前景象相視而笑。

並肩走在風停下來的坡道時，他問小時：「欸，我問妳，妳長大以後會結婚吧？」

背後節慶演奏越來越小聲。走上這條坡道，就要跟小時道別了。

「嗯。我想啊。」

「如果妳結婚以後沒辦法生小孩，這樣妳會後悔，覺得早知道就別結婚嗎？」

「為什麼會這樣想？」

「因為到最後什麼都沒留下來啊。」

小時一臉錯愕地看著他。感覺有些納悶，然後低著頭把木屐踩得喀喀作響往前走。

在她回答之前，眼看著已經來到坡道最上方。兩人停下腳步，轉身背向對方。

吱吱吱，吱吱……

不知從哪兒傳來一陣鳴叫。

小時突然抬頭望著夜空，然後左右張望，露出不可思議的表情。彷彿覺得很奇怪，挑了挑眉，然後若有所思轉向看著他。

「這樣的話，就養隻小鳥吧。」

「什麼？」

「如果沒有小孩的話呀。」

「不過呢，小時啊。」

小時……

小時側著臉豎起耳朵。

小時、小時……

「有人在叫我。」

「嗯。」

「我得走了。」

「不是啦。」

他笑著回答，卻反而湧現淚水讓景色變得搖晃。

「那叫的是我才對。」

話一說完，遠處的節慶演奏跟小時的身影都瞬間模糊。

（五）

「好臭哦！」

一個愛出風頭的小男孩連葉片都還沒聞到就高聲大喊，然後還擺出鬥雞眼，假裝暈倒。與澤似乎料到會有這種狀況，立即用四肢趴在地上，挺出臀部。

「來來來，讓你聞聞更臭的。」

小男孩發出尖叫，想馬上起身，但襪子在地板上滑了一下，跌一大跤。其他孩子看到他這副窘樣紛紛大笑，但他們對與澤發的葉片更感到好奇，心思一下子又回到月桂樹上。與澤在眾人的鼻子前搓揉葉片，孩子們不是伸出手而是把頭湊過來用力嗅。就連剛才跌倒的男孩子也湊過來聞著葉片。

西打、藍色夏威夷調酒、蛋糕，當然還有清涼口香糖。每個孩子聞了之後的想法都不一樣。與澤告訴孩子們，月桂葉在超市也買得到。

「你們的媽媽很可能做菜時都會用到唷。」

「我姊姊在煮奶油燉菜的時候會用。」

睜大眼睛說著這句話的是個胖胖的可愛小女孩。小女孩念小學三年級，印象中名叫真子吧。與澤來到松果俱樂部，大概三次裡會有兩次看到這個小女孩在遊戲室裡。雖然有時顯得心不在焉，卻似乎很愛聽故事，每次都一臉認真聽著與澤說故事。

「是嗎？妳姊姊會做菜啊？好厲害哦。」

「媽媽要工作的時候，就會由姊姊做飯。」

她口中的姊姊了不起還是個中學生或高中生吧，真不簡單。

「這種葉子是老爺爺從家裡帶來的嗎？」

另一個小女孩探出頭發問。

「對呀。」

「爺爺家有院子嗎？」

小男孩發問。今天在場的其他人都是女生，他看起來比平常沒精神。

「嗯，不是院子，是陽台。」

「陽台上也可以種大樹嗎？」

剛才說明月桂樹時，他是以成樹的大小，也就是印象中在庭院裡的模樣來解釋。

「爺爺家的是種在花盆裡，大概只有這麼高的小樹苗。好好照顧的話就會越長越大棵。」

「是老爺爺照顧的嗎？」

「不是老爺爺唷。照顧植物的是老奶奶。就是之前跟老爺爺一起來說故事給大家聽的老奶奶呀。」

在遊戲室角落的重森小姐聽到之後立刻把頭轉過來。

「老奶奶還會來嗎？」

小男孩似乎想起來了。

「嗯，她不會來了。有其他的兒童館找她去，她去那邊講故事給別的小朋友聽。」

與澤對孩子們這樣解釋。

「好啦，大家邊聞著葉子邊聽故事。我也跟你們一起聞。」

與澤拍拍手，所有小孩都安靜下來專心盯著與澤，大概是第一次能邊聞葉子邊聽故事，這樣的新鮮經驗讓孩子們很開心吧。一旁的重森小姐見狀也鬆了一口氣。

「今天要講的故事是摘月亮的獨角仙。」

「跟上次的獨角仙是同一隻嗎？」

小男孩發問。

「嗯……可能是也可能不是。」

與澤對一臉不解的小男孩露出微笑，接著說起故事。這也是他在思考那滴水滴時想起來的，很久以前自己編的故事。忘了是幾歲時講給小時聽的。

「這隻獨角仙啊……」

（六）

今天看來也不會下雨。回到家之後沒多久，一定又能在陽台上看到遠方一片美麗的夕陽。

與澤在回程的公車站抬起頭，仰望午後的天空。對面的建築物因為西曬的關係，只看得到突顯的輪廓，好像來到一處陌生的城市。那是麻雀嗎？一隻成了陰影的小鳥，邁著小跳步上到屋頂邊緣。

剛才他要離開松果俱樂部，走出玄關時，真子從後頭追上來，嚇了他一跳。

「老奶奶已經辦喪事了嗎？」

她抬起頭看著站在水泥地上的與澤，冷不防開口問道。跟在後面要來目送與澤的重森小姐跟進藤老弟彼此使了個眼色，就在進藤老弟準備開口時，與澤先回答她：「妳怎麼會這麼問呢？」

真子大概覺得大人不喜歡她問這個問題，臉上露出一抹恐懼。但與澤隨即蹲下身子，正視她的雙眼，她似乎比較放心，嘴巴微微張開回答：「我之前聽到老師他們說到『七七四十九天』還有『百日』。」

「原來是這樣……」

昨天重森小姐跟進藤老弟的確提起這件事。那時在辦公室門口隱約看見的裙子一角，原來就是真子啊。不過，沒想到小學低年級的孩子竟然知道「七七四十九天」、「百日」這些詞。早知道說話該小聲點才對。正感到懊惱時，真子像是找到藉口繼續說：「我家裡的奶奶也死掉了，所以辦過一樣的法事。」

「真的嗎？是最近的事嗎？」

很久了。真子笨拙地彎起她小小的手指頭數著。

「四年前。是我四歲時的事。那時候姊姊教過我，七七四十九天、百日這幾個詞。還有週年忌。」

與澤感到有些困惑。其實，妻子的死並沒有什麼不可告人之處，但經過先前保密的狀況下，事到如今要說出真相確實有些為難。重森小姐跟進藤老弟似乎一時之間也不知該怎麼因應，兩人就像一對兄妹，同時抿緊了嘴。

「我不會跟其他人說的。」

不清楚真子到底多了解與澤的心情，但她一臉嚴肅直視著與澤，就像面對同年紀的朋友，輕聲答應他。

「這樣啊……謝謝妳唷。」

蹲著身子的與澤，雙眼直視著真子，誠心向她道謝。

「爺爺你是因為精神不好，才不繼續說故事嗎？」

真子的問題出乎意料之外。

「嗯？」

「自從老奶奶沒來了之後，爺爺你都無精打采的呀，所以才不繼續嗎？」

沒想到居然被一個孩子看穿了。與澤以為自己在他們面前還像以前一樣開朗、愉快，依舊做出很多輕佻、不莊重的動作。

「爺爺是因為還有其他事情要做，所以才不來說故事。想到要跟大家告別，真的很遺憾。」

然而，真子並不在意與澤的回答，繼續說道。

「爺爺，你知道懸鈴木嗎？」

「哦哦，就是在那邊路上的行道樹吧。妳好棒哦，居然知道這麼多。」

「我姊姊告訴我，早上抬頭盯著那種樹的葉子看，就會充滿活力哦。我之前也照著做，真的就變得有精神了。」

她一口氣說完，正當與澤還聽得一頭霧水時，她又補充一句。

「但是不能看太久哦，不然精神會太好。」

回到住處後，他幫鸚鵡換了籠子裡的食物跟飲水，自己喝著麥茶殺時間。六點二十分一到，他便到陽台上摘了兩片月桂葉。

進到屋內，他拿杯水往棉線上滴水，盤腿坐在放到窗邊的電話旁。昨天那通電話，最後童話作家一句話也沒說就掛掉電話，今天大概也一樣吧。

六點半，與澤打了電話過去，在那個家某處角落的話筒立刻有人拿起來，然後是一陣隱約的衣物摩擦及腳步聲。

然後，熟悉的節慶演奏響起。

最下方的葉子恰巧就在他肩膀左右的高度。

他摘下兩片，放進口袋裡。

他搔著熱熱的光頭，穿過院子走到外頭的路上。轉過兩個彎，再繞過最後一個轉彎處，就來到坡道。先前隱約的節慶演奏，這時突然像拿掉塞住耳朵的棉花，變得好大聲。其實跟行進演奏的高台距離並沒有變近，但這處坡道好像是個聲音容易貫穿的通道。小時候沒發現這個現象，很可能當時他都專心在尋找小時腳下的木屐聲。

現在不必找了。因為他們約好碰面的時間跟地點。

「阿昭。」

聽到這聲如歌唱般帶有韻律的呼喚，他猛然回頭，看到小時穿著一身藍底鑲鏤空紫色牽牛花圖案的浴衣。

「嗯。」

他規規矩矩地應了一聲，然後就等著小時的木屐走近過來，一起往下坡路走去。

上中學之後，小時整個人就像開啟了某個開關，手腳變得細長，頭髮跟玻璃一樣閃爍光澤，聲音也更接近成熟的女人。自己倒覺得沒什麼改變，但跪在媽媽的梳妝台前仔細觀察，自己的模樣也跟以前差很多。整體來說全身骨架變大，從某個角度看得出鼻子下方長出了細毛。摸摸脖子前方，雖然不像爸爸或爺爺那樣，但喉結也變得稍微明顯。

「待會我買炒麵給妳吃。」

他若無其事別過頭說完，小時靈巧地用木屐的鞋底當作軸心，整個人像時針轉了半圈回過頭。

「真的嗎？」

「嗯。我存了零用錢。」

「我還是自己買好了，我也有零用錢呀。」

「沒關係啦，我買給妳。」

「不然買了我們一起吃吧。」

「我肚子很飽啦。」

小時露出微笑，然後又轉了半圈背對著他。只見她舉起手遮在前額，眺望著大海，一邊將木屐踩得喀啦喀啦響。

為了想請小時吃東西，他在出門前刻意先吃了一片油豆皮、一片鰹魚生魚片，還有滷菜裡的一小塊蘿蔔、一片香菇跟一顆小芋頭，把肚子撐得飽飽的。這些準備都是希望當小時在大快朵頤吃著攤位上的食物時，自己不會露出一副貪吃的表情。他先前在廚房裡，把看到的每一道菜都只夾一點點偷吃，這樣就不會被媽媽發現了。倒不是特別討厭在節慶活動時在家裡吃晚飯，但想請小時吃東西的這個目的讓他覺得很難為情，於是趁沒人看見時一口氣塞了好多食物進嘴裡。

走完下坡道，來到神社前面。兩人在往來的人群中，沿著海邊一排紅燭台照亮的小路慢慢走。眼看就快來到炒麵小攤，這時小時卻說她想吃烤章魚丸子。

「可以嗎？」

他買了一份烤章魚丸子，遞給小時。小時四處張望，想找個人比較少的地方，便往聳立在攤位之間那棵樹幹彎曲的黑松樹走去。他跟在後面，看到小時坐到樹根旁，他也刻意在保持一小段距離的地方坐下。地上還殘留白天的餘熱，隔著褲子的屁股覺得熱熱的。在黑松樹凹凸不平的樹幹上，黏著一只蟬蛻下的褐色空殼。小時用牙籤戳起一顆烤章魚丸子，以為她是要自己吃的，沒想到卻遞到他面前，「給你。」

「不用啦，我肚子很飽。」

「是哦？」

小時簡單回了一句，不再堅持，接著張大嘴巴，一口塞進一顆烤章魚丸子。她瞇起眼睛細細咀嚼，享受著熱呼呼的美味，然後從鼻子發出心滿意足的聲音之後，才慢慢吞嚥。她用牙籤又戳起一顆丸子，他心想又是一口塞進嘴裡，但她又遞到面前，「給你。」這次他終於點點頭，接過牙籤，把丸子送進口中。

剩下的那份丸子小時吃了六顆，他吃了兩顆。

「阿昭，你長大以後要做什麼呢？」

小時用無名指擦擦嘴唇，突然問道。

「怎麼突然問這個？」

「其實我想了很久，最近終於決定了。所以也想問問你將來想做什麼。」

「嗯。」

他含糊應了一聲，舔舔嘴邊，還留著一股沾醬的甜味。黑松樹的盤根之間積了不少被風帶過來的海砂。

「我呢，其實有想做的事。」

他第一次坦承，讓小時大感意外地抬起頭，等待他往下說。不過這不是什麼了不起的夢想，讓他有些難以啟齒。喉頭就像哽著，他趕緊吞口口水，試圖沖淡緊張的感覺。

「其實呢……」

他豁出去說了自己的夢想。然後小時的表情突然變了，一開始似乎很有興趣，接下來卻越來越不確定，然後帶點疑惑，最後一臉驚訝。

「……小學的？」

老師。他從以前就一直想當小學老師。學習很多知識，然後教導給很多孩子們。想講自己編的故事給孩子們聽，也希望能聽聽孩子們想的故事。

「妳呢？」

在反問時，他其實已經有了預感。

既然小時沒回答，他就幫她說。

「妳想當小學老師吧？」

小時嘴邊泛起微笑，點了點頭。然後有些扭捏地別過臉，踩在木屐上的腳趾頭動了幾下。只靜靜收起下巴說句「跟你一樣耶。」然後就沉默了一會兒。

「不過呢，」

她低頭看著自己的腳尖說。

「我還有另一個夢想，希望到大都市工作而不是留在這個小鎮上。」

這不是第一次聽她這麼說。小時已經說過很多次，等她長大以後要離開這個小鎮，投入更多的人群中。

「既然這樣，去當大都市的學校老師就行了呀。」

「可以這樣嗎？」

「我不知道。」

「不知道可不可以。」

這話題就此不了了之。一陣和風吹得頭上枝葉沙沙作響，這時，突然有個東西掉落，碰到小時浴衣的肩頭，撿起來一看，是乾枯變色的松葉。她把前端分岔的葉片稍微撐開，夾住一根手指頭繞著玩。

「小時，如果以後妳跟一個人結婚，然後有一天他先死掉，妳會怎麼辦啊？」

小時笑得合不攏嘴，可以看到她一口白牙後的粉紅色嫩舌。

「既然死了也無可奈何呀。少了先生只好一個人繼續過下去。」

「那，假如，我是說假如啦，妳先死掉的話，留下妳先生一個人，妳希望他怎麼辦呢？」

小時思索許久。然後不知道為什麼好像有點惱怒。

「要怎麼辦就隨便我先生了呀。我哪管得了自己死後的事啊？」

過了一會兒，她問道。

「那你呢？你會怎麼辦？如果你娶的太太比你先死的話。」

「呃……」

他一時語塞。

「你會怎麼辦嘛？」

她再問一次。

「一個人要怎麼活下去呢？不會覺得很空虛嗎？」

「那怎麼辦？」

「我覺得我會尋死耶。比方燒炭自殺之類。對了，今天朝會時老師不是說過嗎？有個小孩玩捉迷藏結果躲在暖桌底下死掉了。」

「是哦。」

不知道為什麼，小時突然變得一副漠不關心，轉頭望著燭台下往來的人群。

「這給妳。」

他從口袋裡掏出月桂葉，遞了一片給小時。小時這才稍微露出微笑接過，把葉片拿到鼻子旁邊搓揉。接著她閉上雙眼，享受那股香氣，然後好像忘了一切，轉過頭來。

「有新的故事嗎？」

夕陽籠罩著四周，小時白皙的臉龐在黑暗中甚至帶著微微的光芒。一群小蟲子似乎很開心地在她身後聚集。

「有啊。呃，有個獨角仙摘月亮的故事。」

小時偏了偏頭，似乎有些納悶。

「可以算是很久以前講過，那個螢火蟲跟獨角仙的故事續集吧。」

小時果然像是想起那個故事，點了點頭表示贊同。

「不過，不確定是不是同一隻獨角仙唷。」

「嗯。」

「很久很久以前，有一隻獨角仙……」

牠在一棵很高大很高大的杉木上往上爬。花了很長的時間，而且為了不掉下來，只能一點一點往上爬。白天的陽光太刺眼，什麼都看不見；晚上又太暗，視線不佳，也沒辦法飛，於是只能靠牠的六隻腳慢慢往上爬。

究竟牠為什麼這麼做呢？

「因為我想去摘月亮。」

長期以來，獨角仙一直想為失去的光之箱找到替代品。但牠到處走遍了也找不著，問其他人也沒人告訴他答案。有一天，牠一臉疲憊突然抬起頭，發現空中有一輪美麗明亮的滿月。

獨角仙心想，這就是牠想要的。

「不過，牠沒辦法朝月亮飛過去。因為無論從哪裡仰望，自己跟月亮之間都還有好多樹幹、樹枝擋住。想摘下月亮而衝動飛過去，在半路就會撞上樹幹或枝條，還可能就此送命。」

於是獨角仙就爬起這棵高大的杉樹。

「獨角仙決定要往上爬，直到能看到完整的月亮。如果看得到完整的月亮，就代表自己跟月亮之間沒有阻礙了。不過，不管牠再怎麼爬，再怎麼爬，月光下都能看到幾棵樹的影子。」

但牠依舊繼續往上爬。有一天，下雨了。獨角仙拚命緊抓著杉樹溼淋淋的表皮，而且毫不休息繼續朝高處爬。當天晚上，牠終於就快來到杉樹的最頂端。

「來到這裡，有一根樹枝朝著月亮生長。獨角仙把腳伸到那根枝條上，繼續前進。眼看著自己跟月亮之間只有目前這根枝條的影子了。白天那場雨讓樹枝跟葉片都溼淋淋，牠雖然害怕，依舊一步步往前。」

獨角仙總算來到枝條的前端，牠抬起頭。

「可以看到完整的月亮了。這是我第一次在毫無障礙之下看到滿月。」

獨角仙覺得自己好驕傲。牠心跳加速，將最前面的兩隻腳輕輕離開枝條，然後接著再放開兩隻腳。牠小心翼翼地展翅拍打，嗡嗡嗡嗡，頓時響起令人懷念的聲響。牠不再遲疑。獨角仙用盡全力鼓動翅膀，用最後方的兩隻腳使勁在樹枝上一蹬。牠最後看到的是葉子上的露水一滴滴往下落到遙遠的地面。獨角仙的身體迎著風，朝著月亮飛去。

「不過，月亮竟然逃開了。」

獨角仙越奮力飛，對方也跟著飛走，不管飛多久，牠始終無法接近月亮。到了清晨，在太陽露臉之前，獨角仙回到地面上。只有在這段不會太過刺眼且不是太暗的時間，牠才能在不碰撞到任何東西之下安穩降落。牠收起翅膀，等待體力恢復之後，又找到附近最高大的樹木往上爬。牠花了好長的時間慢慢往上爬、往上爬、往上爬，爬到自己跟月亮之間沒有阻礙後，又展翅飛翔，呈一直線往月亮飛去。然後每到清晨，牠又回到地面收起翅膀休息。

「但是，日復一日之下……」

獨角仙開始感到茫然與挫折。而且當牠一旦有這種感覺，挫敗便在牠心中逐漸擴大，籠罩著一團黑暗，最後不知不覺演變成絕望。

「這時，牠已經老了，沒什麼體力。無論再怎麼努力，翅膀的鼓動也變得越來越慢。牠很清楚，自己越來越衰退，卻無能為力。」

沒多久，月亮跟山影重疊在一起。

接下來，山影逐漸將月亮遮住。

「到最後，月亮完全消失無蹤。牠眼前只看得到山影跟樹影。」

這副景象讓獨角仙感到相當錯愕，不自覺忘了拍打翅膀。等到一回神，發現一叢叢樹枝就在眼前，然後身體某個部分掠過樹枝，全身在空中轉了好幾圈。一瞬間，山影迴旋，枝葉迴旋，上下顛倒，然後下一秒鐘牠就衝進了下方茂密的草叢中。

獨角仙就直接睡著了。

「當牠醒來已經是早上。」

沒有任何人，空無一物的早晨。

獨角仙搖搖晃晃起身往前走，若有所思朝水聲的來源走去。一會兒之後出了草叢，刺眼的光線讓牠眼前一片白。但獨角仙仍舊一步一步朝低沉的水聲方向走去。原來那裡有一處瀑布。沒多久，獨角仙便來到水邊。眩目之下什麼都看不見的獨角仙，憑著聲音慢慢轉過身，讓自己正面面對瀑布。

「然後獨角仙展翅，往瀑布直衝過去。」

先前盯著自己的腳傾聽故事的小時，突然抬起頭看著他。

「為什麼會這樣？」

「牠累了吧。」

「因為摘月亮摘累了嗎？」

「不只這件事，是對一切都覺得累了。」

獨角仙用盡自己剩餘的力氣，朝著瀑布持續鼓動翅膀。水聲突然變得很大，周圍所有聲音都被蓋過，然後牠感受到頭上一陣震撼的撞擊。獨角仙在形成漩渦的水中一度覺得自己全身都要四分五裂。

而且，什麼也看不見。

什麼都聽不見。

「牠……死掉了嗎？」

小時用木屐的鞋跟抵著地面，十根腳趾頭緩緩上下移動，同時問道。

「死掉了。」

他一回答，小時臉上的表情大變。

他看到小時的模樣，在心中暗數了幾秒鐘才開口。

「本來以為死掉了，但牠又突然醒過來。」

「什麼呀。」

「因為聽見有人在叫牠。」

喂……喂！

「獨角仙滿身是傷，卻保住一命。牠睜開眼睛，看到一隻壁虎正盯著自己。」

啊，你醒了。太好了，還以為你死掉了。

「壁虎大大嘆了一口氣，似乎放下心中大石頭。獨角仙左顧右盼，然後想起自己似乎在河底失去意識。不過，這裡並不是自己當初衝進瀑布的地點，牠對這個地方有印象。牠在腦袋還沒恢復清楚意識的狀況下，想了一會兒才發現，這裡就是自己先前住過的地方。就是牠爬上大杉樹飛向月亮的那座森林。」

你大概一不留神，就掉到河裡了吧？所以順著河水流到這裡來。怎麼這麼不小心呢？要愛惜生命呀。

「壁虎邊說邊轉過頭，後方站著一排牠的家人。一臉和善的太太，還有兩個小男孩。太太看著獨角仙的表情帶著擔憂，小男孩則一副好奇的模樣。看到眼前的景象，獨角仙對於自己居然沒死感到很遺憾，因為只有牠孤零零。」

就算活下去，也沒什麼好處。

「獨角仙這麼說。壁虎一聽，思索了一會兒告訴牠。」

嗯，有時候的確會萌生這種想法。我以前也有點慘，曾經不想活了。然後我連覓食都覺得麻煩，最後乾脆水也不喝了，變得很瘦很瘦，虛弱到寸步難行，眼看著就快死了。我當時想，死掉就一了百了，比勉強活下去要來得輕鬆多啦。

那是一個月色很美的夜晚。我只是等著讓時間帶走我的生命，轉身躺在地上。然後獨自喃喃著快點解脫吧，快讓我消失吧。唸著唸著我越來越不耐煩，明明全身已經幾乎沒力，但我竟然還扯著沙啞的嗓音氣得大吼：啊！啊！

這時，發生了驚人的狀況。在我不斷大聲喊著「啊！」的瞬間，明明沒有雨，空中卻有水滴直接落進我的嘴裡。剛好我身邊有一棵高大的杉樹，我用力睜開眼睛，看到有一隻身體短小的蟲子從那個樹的頂端飛走。就在蟲子飛離樹頂的瞬間，晃動了樹枝。於是，葉片上的雨水就隨著落下來。我已經不再喝水，但水滴自己掉進我的嘴裡，我忍不住就吞下去。發現這滴水真的好香、好甜。

「壁虎用舌頭舔了舔，瞇起眼睛望著令人懷念的天空。」

然後啊，我突然覺得自己體內湧現一股力量。不知道為什麼，真的很奇妙，我喝到的只是很普通的水呀。只要想喝，隨時都喝得到。但先前我不願意喝，也沒人要我喝水。其實大家都一樣，活著本來就很辛苦呀。當時那滴水掉進我的嘴裡，真的純屬偶然，為什麼光這樣就能讓我全身湧現力氣呢？我到現在都想不透。不過，懂不懂也不重要啦，重點是我現在還活得好好的唷。

「壁虎說完就笑了。」

節慶演奏的樂聲已經遠離。

在他身邊的小時，因為四周黑漆漆，表情看不清楚。嗯？不對，節慶演奏跟小時都變得逐漸模糊。

「……故事結束啦？」

「……結束了。」

周圍的一切變得模糊，逐漸遠離。「別這樣！」心中有個聲音大喊之下，眼中映著燭台的燈火。

「小時，其實我……」

小時……

有個聲音在呼喚。

「其實我……」

小時……小時……

「怎麼啦？」

連這個聲音也像風一般微弱。

## （七）

「咦？拿那麼多好意思嗎？」

重森小姐一看到用超市購物袋滿滿裝一大袋的樹葉，吃驚地睜大了眼。

這是與澤意料之中的反應。畢竟他把月桂樹盆栽的葉子幾乎全都摘光了。

「不要緊啦。我自己留著也沒用，就分給大家吧。曬乾之後可以保存很久，如果還是太多，就送給其他人。」

「可是……」

「待會也分點給小朋友。不過，一次給他們太多就會少了感謝心，每個人只要給幾片就好。」

「真不好意思。」

重森小姐雙手在圍裙前併攏，恭恭敬敬地一鞠躬。行禮的姿勢非常優雅美麗。

「呃，與澤先生，那個……」

重森小姐稍微轉身看看後方。進藤老弟先到遊戲室，此刻辦公室裡只有與澤跟她，沒有其他人。

「如果……」

她帶著游移不定的表情，盯著與澤的胸口支支吾吾。

「如果……現在是八字還沒一撇啦，我是說如果有一天，意思是將來的事啦。」

完全聽不懂她要說什麼。她終於也察覺到這一點，輕輕乾咳了幾聲乾脆把頭抬起來。

「我是說，決定結婚的話。」

她突然操著宛如新聞主播的清晰咬字說道。

「哦哦，跟進藤老弟啊。」

重森小姐一聽到對方說出名字突然慌了手腳，又下意識看看後方。

「呃，對啦。」

「妳說如果決定結婚的話？」

「嗯？」

「所以如果決定結婚的話？」

「對呀。」

「怎麼樣啊？」

哦！她又低下頭，過了一會兒雙眼莫名其妙帶著溼潤。與澤忍不住想笑，但聽到她接下來說的話卻大感意外。

「到時候，我可以寄邀請函給您嗎？」

「妳的意思是……？」

其實他了解是什麼意思，但一時不知所措便不由得反問。

「就是婚禮或是喜宴的邀請函。我心目中最理想的狀態其實是能在信封上同時寫上您跟夫人的名字，不過……再說，我也不知道該寄到哪裡。當然，我是說如果真有那麼一天啦。」

與澤一時語塞。他想起陽台盆栽剩下的兩片葉子。那是他留下來準備今天傍晚摘的。他再也不會見到重森小姐跟進藤老弟，見不到了。也不會有人收下他們的邀請函。到最後郵局只能送回給原寄件人，也就是他們倆。

「不好意思，我說這些太無厘頭了。」

重森小姐誤解了與澤的反應，突然心生畏懼，一臉正色。與澤趕緊擠出笑容。

「別這麼說。只是到了我這個年紀，要出席這類場合啊，怎麼說呢，真覺得有點傷腦筋……」

事情都還沒決定就被拒絕，她一定會很難過吧。但與澤也很無奈，總不能隨口蒙混而讓對方有錯誤的期待。

「我懂。哦，我說我懂，是因為我奶奶也說過相同的話。」

「哦哦，妳祖母啊。不過，祖母還是會想看到孫女的婚禮吧？」

「是啊，我也希望她能看到。只是我剛到這裡來工作不久，她就過世了……」

重森小姐話說到一半，臉上閃過一絲表情。與澤覺得這副表情是針對自己，他體會到重森小姐真是個善良的人，同時笑著對她說。

「別介意，別介意。跟老人講話，如果想太多，就好像說什麼都很失禮啦。沒事，沒事，放輕鬆就好。話該怎麼聽，我們都練就一身功夫啦。要是連這點事都做不到，不就白活了？」

這番話聽在重森小姐耳裡似乎只是徒增困擾，但與澤還是想一吐為快。重森小姐輕輕晃了一下頭，看不出來她是不是點頭表示同意，然後瞇上雙眼。

與澤看看牆上的時鐘。

「哦，時間到啦。」

「是的。」

想想這也是最後一次讓小朋友們圍繞在身邊了。

「我們走吧。」

「走吧。」

兩人笑著走出辦公室。重森小姐拎著塞滿月桂葉的購物袋。來到遊戲室門口時，隔著門上的玻璃窗看到瘦弱的進藤老弟擺出大猩猩的姿勢，下巴突出，高舉著雙手。左右手臂上還各吊著一個小男孩跟小女孩，另外腳邊還有五名孩童排隊等待。

「真希望你們能幸福快樂。」

與澤在門前低聲喃喃。

「我會加油的。」

重森小姐回答的聲音開朗，卻帶著一股堅定。

在場的兒童跟進藤老弟各拿到一片月桂葉，與澤也抓了一片，坐在地板上。重森小姐跟進藤老弟，今天也跟孩子們坐在一起。上次看到他們倆跟孩子們坐一起，是與澤跟妻子第一次在這裡唸故事時。

遊戲室裡的氣氛跟平常不同，似乎房間裡有一道隱形的水平線。光是這樣就能了解到，自己跟妻子這段時間的作為對他們來說至少有點意義。與澤感到很欣慰，也想讓妻子看到這一幕。

「好啦，今天是最後一次說故事。」

希望自己的死訊永遠都不要讓在場的所有人知道。他只能在心中如此祈禱。

「謝謝大家每次都很安靜聽故事。老奶奶也很高興唷，她說你們真的都是乖小孩。」

與澤與真子的眼神交會時，她似乎像看到強光，猛眨著眼睛。與澤把月桂葉折成兩半，拿到鼻子前面聞著香味。他接下來要說的不是以前編的故事，而是在妻子離開之後，他一個人吃晚餐時，或是在往返於家中和松果俱樂部的路上，盯著地面行走時，在腦袋裡一點一點編織的故事。不知道有多少年沒有創作新的故事了。

「最後一個故事呢……」

## （八）

一回到家，他馬上讓鸚鵡從籠子裡出來，飛到空中。

他把鳥籠提到陽台上，為了避免鸚鵡再回到屋子裡，先關上紗門，再拉開鳥籠的小門。

「過來吧。」

看著鸚鵡的動作時，他突然想到，直到最後鸚鵡還是沒模仿他說的那句「過來吧」。鸚鵡先在棲木上東張西望了一會兒，接下來才把翅膀合起來，用雙腳輕輕跳到鳥籠小門旁。然後靜靜待了好久。鸚鵡低頭看了一下子，後來才下定決心似地展開翅膀，卻只是飛到月桂樹的枝條上就停下來。鸚鵡在僅存的兩片葉子旁邊，不停扭動脖子，觀察周遭狀況。

「好啦，小時。妳可以飛走唷。」

說不定這還是與澤頭一次叫喚鸚鵡的名字。才閃過這個念頭，就發現鸚鵡突然全身抖動，然後在一陣迅速的翅膀拍打聲響中一飛沖天。牠的動作快到與澤還來不及反應，牠就成了空中積雨雲之前的一顆小黑點。

就連那顆小黑點也倏地消失。

當初尋找跟妻子一起終老的住家時，一方面也因為價格便宜，所以選了這間位在一樓的房子，想想真好。如果是在高樓層，映在水滴裡的景致就會不同，而且說不定鸚鵡也沒辦法展翅高飛。畢竟牠這輩子直到前一刻才頭一遭在空中飛翔。要是眼前突然出現一片天空，或許牠連展翅的勇氣也沒有。

「不過，鳥大概不會這樣吧。」

他摘下最後兩片葉子回到屋裡，把窗戶關緊。接著他又關上客廳跟廚房之間的拉門，但先前把電話拉到窗邊，拉門夾著電話線，關得再怎麼緊也會留下一道縫隙。他思考了一會兒，決定用膠布把縫隙黏起來。密閉的三坪大小空間，感覺變得悶熱。

「唉，算啦。」

矮桌上放著裝了水的茶杯、陳舊的相簿、妻子的遺照，還有印有量販店商標的大型塑膠袋。

應該是非假日的關係，他搭乘公車在回家路上下車，繞到量販店時，店裡沒什麼顧客。寬敞的賣場讓他花了點時間才找到要買的東西。一開始以為在廚具區，便到一排排鍋碗瓢盆的貨架上來來回回，走了好幾趟也沒見著。詢問店員後才知道是在戶外休閒區。他穿過整個賣場，總算找到了。另外，還買了火種，加上平常不抽菸，也一併買了打火機才離開量販店。

「好啦。」

他在小烤爐上堆滿了木炭，並且在縫隙間塞進火種後點燃。房間裡變得比剛才更熱，一道汗水沿著頸子流下來。一會兒之後，火種上的火焰熄滅，似乎稍微沒那麼熱，火苗不知道有沒有順利轉移到木炭上？因為房間裡很亮，看不清楚，他乾脆把手掌靠近爐子，頓時感覺到一陣陣熱氣。

「扇子放到哪兒去啦？」

他想起來放在飯廳的電視旁邊，但要走出房間得先把貼在拉門上的膠布撕掉才行，於是他拿起裝小烤爐的紙箱折小，當作扇子用。炭火在一搧之下發出「啪滋、啪滋」的輕微爆破聲，眼看著木炭表面越來越白。

「太好啦。」

接下來只要放著，火勢就會逐漸變強。

他拿起茶杯，走到窗邊。已經很習慣讓棉線吸收水分的操作步驟。

要問原因，他自己也搞不懂。

妻子的死。膝下無子女。對一切無能為力。什麼也沒留下來。

「理由啊，不會只有一個。」

他拿著相簿跟妻子的遺照，在榻榻米上盤腿坐下，把遺照放在赤腳邊，用腳踝撐住。起先他讓妻子的臉朝向自己，但總覺得有些難為情，於是轉個面。不過，這麼一來又像是要讓其他人看到，似乎怪怪的，還是轉過來比較好。他盯著妻子的臉，流下一滴汗水落在妻子的左頰上。

「人生，一言難盡哪。」

他抬頭看看牆上的時鐘，還有一點時間。與澤翻開相簿的封面，裡頭的黑白照片褪色得很厲害。第一張全家福合照中，祖父母跟爸媽都像惡作劇一般表情僵硬，直盯著鏡頭，頂著小平頭的與澤則怯生生地在照片的最角落。下方是另一張同一時期拍攝的，妻子家中的全家福合照。結婚時，兩人把各自的相簿整理成一本。其實這並不是什麼浪漫的念頭，純粹是兩人的相簿裡都沒多少照片，一本相簿裡有太多空頁。當年留著妹妹頭的妻子，大概也很緊張，用力抿緊的嘴唇顯得有些下垂。

「照片呢……也不是三天兩頭都在拍嘛。」

這麼看起來，其實還不少。

一身水手服赤腳在海邊微笑的妻子。忘了是做什麼，從衣服到臉上都沾滿泥巴的中學生與澤。畢業照。開學典禮紀念照。在家中書櫃前雙臂交叉，頭往右偏刻意擺姿勢的與澤。在稍微裂開的鏡餅前方，舉起木槌準備朝餅敲下去的妻子。在自己身上的確看到歲月流逝的痕跡。祖父的葬禮、前往大都市時在車站的大合照。歡送自己的親朋好友。考取教師資格時兩人一起拍的合照。然後是，婚禮。

「這張，就是這張。」

他把臉湊近相簿，連帶著讓汗水滲進眼裡。與澤一邊用掌底按著刺痛的右眼，一邊卻露出微笑。跟著父母走出家中玄關，一身白色傳統日式嫁衣的妻子，真的好美。在神社婚禮的休息室，表情跟人偶一樣僵硬的妻子。她說很怕一笑，會弄花臉上厚厚的妝，因此從婚禮到小型婚宴之間，她都保持面無表情。在她身旁始終保持笑容的與澤，看起來似乎比實際上更飄飄然，後來經常被大家揶揄。不過，婚宴結束後卸了妝的妻子，就像完成一件大工程，鬆了一口氣，笑得比與澤還開心。對了，與澤還模仿婚禮上伯父的致詞，讓妻子笑得合不攏嘴、眼角泛淚，連腰都直不起來。與澤算準了她好不容易要止住笑的時機，再次模仿伯父說話的樣子，然後她又大笑了起來。結果沒多久她竟然哭了，與澤嚇一大跳，緊張得不知道發生什麼事，她才說是因為喜極而泣。

他抬頭看看牆壁上的時鐘，眼看那個小鎮節慶演奏開始的時間就要到了。

與澤闔起相簿，深呼吸之後拿起電話話筒。

葉片在胸口附近的高度。

站著會被月桂葉擋到，看不到海。於是他蹲下，眺望眼前映著夕陽的海面，然後像以前一樣，舉高右手摘下兩片葉子。

「可不可以幫我把水盆移到那邊啊？」

奶奶一隻弄溼的手放在水井幫浦上，看著他說。她那張爬滿皺紋的臉，在夕陽下顯得紅通通。幫浦旁邊有個裝滿水的水盆，水面上漂著一把小鬃刷。臉盆邊則散落著滿是泥土的兩把鐮刀、橡膠手套跟工作長靴。

「最近曬太陽曬太多，到了晚上就頭痛。幫我把臉盆移到那邊，就樹蔭底下。」

他在地上慢慢拉動臉盆，盡量不讓盆裡的水潑出來。奶奶把鐮刀、橡膠手套跟工作長靴全都一次抱起來，然後啪啪啪丟到水裡。眼看濺出來的水滴就要噴到長褲上，他趕緊收腳避開。奶奶看著他的舉動似乎覺得很有趣。

「這可是你一百零一套好衣服吧。」

奶奶蹲在樹蔭下，拿起鬃刷刷掉鐮刀上的泥土。

「我來弄吧。」

「會弄髒你這身好衣服啦。」

「哪有，這就是平常穿的嘛。」

「你不是要去節慶活動嗎？」

「要啊。」

「那就去吧。」

奶奶蜷曲的背部隨著鬃刷節奏動作。

「我媽呢？」

他看著屋子後門問道。

「剛才到田裡去了。去照料一下田裡的菜。」

「這麼晚了還去？」

「因為白天去醫院照顧爺爺呀，很忙吧。」

「這樣就不用特地再跑去田裡呀。」

「蔬菜呢，都喜歡人的腳步聲。一定要每天去巡一巡才行啦。」

這句奶奶老掛在嘴邊的話，從媽媽一嫁過來就嚴格遵守多年。

「你要牢牢記住呀。」

她用手指碰了幾下太陽穴，走出院子。

他來到坡道之前就遇到小時了。小時在前方對自己輕輕微笑，舉起拿著小布袋的手。她穿著一身深藍底色印染著白色桔梗花的浴衣。梳得整整齊齊的頭髮往左右兩側中分。

兩人並肩走在夕陽餘暉中的下坡路上。

節慶演奏的樂音越來越近。

「你爺爺身體還好嗎？」

大概是維持姿勢端正的關係，先前在家裡想起小時的身影明明是筆直的，現在實際見到本人卻是曲線玲瓏，讓他忽然覺得好難為情。

「聽說不太樂觀。好像沒有護士幫忙連自己都沒辦法坐起來。」

「聽起來還要一陣子才能出院嗎？」

「說不定出不了院。」

小時只輕輕點了一下頭，沒再說什麼。

「唉，畢竟年紀也大了。」

他刻意說得輕鬆，結束這個話題。

「肚子餓不餓？」

「不會。」

「我也還不餓。」

兩人買了兩支棉花糖，在節慶活動中邊走邊撕著棉花糖塞進嘴裡。對話有一搭沒一搭，全都講到一半不了了之。天色漸漸暗下來，攤位上的電燈泡顯得格外醒目。

心情不再像從前那樣雀躍，不知道究竟是因為爺爺的病，還是自己的年紀。不久之後，節慶演奏越來越大聲，人群也隨之更擁擠。就在與身穿浴衣的人們摩肩擦踵交錯之際，看到前方演奏樂曲的高台出現。高台在襯著紅夕陽的背景下，台上身穿短褂的男女敲擊太鼓、吹奏響亮的竹笛。兩人默默眺望著這一幕，然後不約而同轉過身，走向來時路。一路上數著路邊的燭台，或是望向暗得看不見的大海，朝著神社走去，不知不覺就從鳥居下方穿過。

在昏暗狹窄的神社小廣場上，除了幾個小孩子踢著石頭玩之外，再也沒有其他人。似乎因為看不見踢的石子而特別有趣，孩子們自己訂下新的規則，玩得熱鬧。四周瀰漫著一股林木潮溼的氣味。兩人往裡頭走，來到賽錢箱下方的踏腳石旁邊，肩並肩坐下來。

「阿昭，我決定要到大都市報考。」

他預料到今晚大概會聽到這個消息。

「這樣啊。」

「你要在這裡報考嗎？」

他說出昨晚好不容易下定決心的答案。

「我也想到大都市報考。」

話一脫口，就感覺到身旁小時的肩頭輕輕顫抖了一下。接著似乎像要克制住湧現的情緒，變得僵硬。但她卻不發一語，只是抬頭望著樹葉縫隙間的一輪彎月，挺著浴衣下的胸，深深吸一大口夜晚的空氣。她的喉頭在月光下顯得白皙。

好一會兒，兩人只是默默聽著孩子們踢石子的喧鬧聲。

看膩了孩子們的遊戲，兩人準備再次前往節慶活動會場時，小時才又開口：「當了老師之後，不知道教過的學生長大成人會不會寫信給我呢？比方說好久不見，我是哪一屆哪一班的某某人。」

「應該會吧。」

在遠離喧鬧的神社廣場上，聽見細微的海浪聲。

「真遇到這種事不知道會多開心。因為自己無意間的一句話，對孩子造成這麼大的影響，甚至改變人生。當然，另一方面想想也很可怕。」

「嗯。」

自己能不能變成獨角仙呢？

能不能像那隻讓水滴落進壁虎口中的獨角仙呢？

「欸，小時。」

節慶演奏已在遠處，竹笛跟太鼓聲都逐漸失去輪廓，變得越來越模糊。

大家都已經離得遠遠，再也聽不到樂音。

「如果不能大大改變其他人的人生，不能拯救其他人……而且，自己又沒有小孩的話，到了年紀大的時候，是不是覺得這輩子到底所為何來？一輩子究竟為了什麼？」

小時轉過頭，一雙眼睛就像看著陌生人。

「其實也不是一定要對誰有幫助，只是，如果能對其他人的人生有影響，我就很高興了……」

她說到一半，直盯著膝蓋。

「這種事很難說的。」

是啊，很難說。

「小時，我又編了新故事。」

小時點點頭，又轉向他。

「說來聽聽。」

「嗯。這是很久以前講過的那個獨角仙故事的後續。不是有一隻託獨角仙的福而逃過一死的壁虎嗎？那隻壁虎後來拚命用功，居然成了一名醫生……」

壁虎成了名醫，廣受大眾信任。牠那間位於小山丘一角、由一處整潔洞穴打造而成的診所門前，隨時都大排長龍。患者有昆蟲，也有動物；有時看到青蛙揹著小蝌蚪求診，隊伍中也有用單腳跳躍的水鳥。

「壁虎想到可以為大家盡一份心力，總是感覺很幸福。雖然每天辛苦忙碌，但再也沒什麼比助人更快樂了。每次當牠想到有幸從事這份工作時，就會想起那滴水滴。當時究竟是誰從杉樹上搖落下那滴水滴的呢？」

獨角仙並沒有對牠說出真相。

「有一天，一隻螢火蟲來到診所。」

螢火蟲腳步搖搖晃晃，走到壁虎面前，說牠肚子很痛。根據壁虎的診斷，腹痛的原因是來自肚子底部的箱子。

「壁虎告訴牠，如果把箱子拿出來就會輕鬆多了。但螢火蟲堅決不放棄這個箱子，牠不能解釋當初是怎麼取得這個箱子，反正現在已經成了牠身體的一部分。」

進一步檢查後，發現螢火蟲的箱子真的已經和牠的身體合而為一，取出來還可能危及性命。這讓壁虎大傷腦筋，但這時診所外面出現一波波雜音，希望牠能加快看診的速度。壁虎只好先開了止痛藥，說再繼續觀察一陣子，然後就讓螢火蟲離開。

「下一位患者是金龜子，牠說最近背上的光澤好像逐漸消褪。於是壁虎便為牠塗上特製的釉藥，然後聊起前一位患者螢火蟲的狀況。」

壁虎說，腹部底下裝了個箱子，這種症狀還是頭一次看見。沒想到金龜子露出不懷好意的笑容，還低聲喃喃「痛死活該」之類的話。壁虎不解，問牠為什麼會這麼說。

「原來金龜子跟獨角仙是好朋友，很久以前牠就聽獨角仙說過這件事。包括光之箱被螢火蟲搶走的來龍去脈，還有之後牠為了摘月亮爬到高大杉樹上飛行的過程，還有牠飛進瀑布想尋死的事。」

聽起來真慘吧，壁虎醫生。獨角仙先生現在視力已經完全衰退，無論白天、夜晚或清晨，都沒辦法飛行了。整天只能坐困在樹洞裡，靠我們這些朋友帶去的樹汁勉強維生。唉，那副模樣真是要死不活的。

「金龜子恨得牙癢癢，說得忿忿不平，但壁虎只聽了一半。牠終於知道當初是誰救了自己一命，整件事究竟是怎麼一回事。」

那天下班之後，壁虎便認真思考該怎麼報答獨角仙的恩情。但牠不可能把光之箱從螢火蟲的腹部取出來，這樣等於要了螢火蟲的命。壁虎希望讓獨角仙有另一個新的光源，但就牠所知，世界上會發光的就只有星星、太陽跟月亮。能隨身攜帶的光源，印象中只看過螢火蟲的腹部。壁虎苦惱了很久，左思右想整夜沒闔眼。到了清晨，他搔搔頭走到外頭，想呼吸一下新鮮空氣。這時，看到山丘上太陽正緩緩升起，天色逐漸明亮，然後陽光變得刺眼……

「眼見這幅景象，壁虎想到了能妥善解決這個問題的方法。」

壁虎彈了一下手指，把妻子跟孩子叫醒，要睡眼惺忪的家人趕緊把螢火蟲找來。如果對方肚子痛得動不了，大夥就合力揹著牠過來。

「壁虎的妻子跟孩子慢吞吞走下山丘，壁虎在後面大喊：『快點啊！』一行人這才用跑的，衝進草叢中尋找螢火蟲。」

沒想到壁虎一家人很快就把螢火蟲揹回來，一問之下才知道螢火蟲肚子痛到就倒在附近的草叢裡。

「螢火蟲的病情已經嚴重到沒辦法從診所回到住處。眼見得儘快設法才行，壁虎便迅速向螢火蟲說明牠想到的辦法。」

方法就是將螢火蟲肚子裡的光之箱取出一半，而非全部。這麼一來，光源不會消失，腹痛也能治癒。但螢火蟲聽完後猛搖頭，牠不希望光線變弱。

「壁虎告訴牠，總比死掉來得好吧？螢火蟲仍不肯點頭，但接下來身體的疼痛越來越劇烈，最後牠還是請壁虎幫牠開刀。」

壁虎趕緊動手術。牠切開螢火蟲的腹部，切除一部分的光之箱，小心翼翼取出來。

「手術很成功。壁虎取出了一半大小的光之箱，散發著眩目的光芒；螢火蟲體內也留下同樣大小的另一半箱子，持續發光。螢火蟲雖然不情願地瞪著那半邊取出來的光之箱，但身體變得舒服許多，也真正了解到原先的尺寸對自己來說實在太大，在接受這個事實後便離開了。」

螢火蟲走了之後，壁虎就在診所門口掛了一塊「本日休診」的牌子，並對已經排隊候診的患者一一致歉，然後帶著一半的光之箱快速衝到金龜子的家。聽完事情始末的金龜子，用六隻腳緊緊抓住壁虎的身體，然後拚命拍打著翅膀飛上天，朝獨角仙居住的樹洞飛去。

「壁虎牠們靠著光之箱照亮前方，走進樹洞內，看到了讓人懷念的獨角仙就蜷在角落。壁虎對牠說：『好久不見了。』獨角仙聽到聲音抬起頭，但直嚷著光線太刺眼，便立刻低下頭。壁虎解釋，雖然只剩下一半，但還是找回了光之箱要歸還給牠。然而，獨角仙還是沒能抬起頭。」

謝謝你，壁虎先生。不過，現在這道光對我來說太刺眼了。就算只剩一半，也讓我睜不開眼。麻煩送給別人吧，反正我已經沒多少日子好活。

不過，要是送給別人，可能又會引起爭端。

這樣啊。那麼，就送給大家吧。

送給大家？

既然可以分成一半，應該還能分得再小一點吧？盡可能分散成小光點，讓大家不會特地想爭奪，然後從空中灑散。

「壁虎點點頭，表示如果獨角仙希望如此，會遵照牠的意思。」

壁虎依照約定，把光之箱拆解開，細細分割裡頭的光線。一半的一半，再一半，再一半……最後成了微風輕輕一吹就會飄走的細粉。壁虎將光粉塞進一只皮袋，委託給熟識的鸚鵡。鸚鵡用爪子勾住袋子飛起來，拍打著翅膀盡可能往高空飛，直到牠飛到最高處，才頭上腳下倒立。光粉頓時隨風飄散到空中，然後緩緩落到樹上、草叢間，以及生物身旁。

沒人察覺到這些光粉。

「然後又過了一段時間。不知道是幾年、幾十年，也可能只是幾天而已。」

光粉在雨水沖刷下滲入地下，被植物根部吸收，然後在動物或昆蟲攝食植物葉片時進入體內，逐漸擴散。

雖然幾乎沒有人察覺到，但這個世界確實一點一點變得更明亮。

「有一天晚上，獨角仙在樹洞裡睜開眼睛，心中好像有股預感。牠用很久沒活動的腳，慢慢地一伸一縮朝洞口前進。」

牠看到眼前的景象大吃一驚。

世界變得好清晰。

「即便是沒人發現的微弱光線，對獨角仙來說卻剛剛好。牠的眼睛看得到夜空的另一端，比牠以前擁有光之箱時看得更清楚。」

獨角仙不知不覺展開翅膀。

就像牠過去從高大杉樹上起飛時那樣，牠讓最前面的兩隻腳飄浮在空中，接著抬起中間的兩隻腳，再用最後兩隻腳猛力一跳，讓全身往上彈。獨角仙朝著正前方飛翔，徜徉在這個既不刺眼也不昏暗的美麗新世界。過去自己照亮的東西，現在倚靠著這些環境發出的光線，飛到哪裡都沒問題。

已經聽不見節慶演奏的樂音。

一切好像都進入夢鄉，所有的聲音遠去，連海浪聲都沒聽見。

「謝謝你，講這個故事給我聽。」

唯有小時的聲音清楚傳進耳裡。

「嗯。」

他點點頭，看著下方。自己放在腿上的雙手在漆黑之中看不太清楚。

「要是真有這種事就好了。」

小時似乎一時沒領會這句話的意思，用帶著笑意的眼神示意反問。在這團將自己層層包圍著的黑暗之中，只有小時的表情能看得清楚。這讓他很欣慰。但相信最終這也會跟節慶演奏、人群的喧鬧以及浪潮聲一樣，逐漸遠去、消逝。而且再也看不到。

「因為這是故事嘛，現實人生才不會出現奇蹟呢。」

自己的聲音聽起來也好遠，似乎是有另一個人在遠處說話。

小時臉上帶著溫柔的微笑，把視線移開。

「或許吧。」

不過，人還是得活下去。

努力活下去，直到死的那一刻。

「阿昭，為什麼最後講這個故事啊？」

大概想跟孩子一樣做夢吧？因為無能為力，因為什麼也沒留下來。

「不知道耶。」

如果曉得為什麼，就一定不會在這裡了。

他看看旁邊，小時似乎正尋找什麼，在夜裡豎起耳朵。

「不會再有人呼喚啦。」

他笑著告訴小時。

「咦？」

「已經從陽台上放掉啦。」

但小時還是挺著白皙的頸子，不停尋找聲音。

「所以能一直待在這裡了。」

不知不覺他彎下腰，膝蓋就在眼前。他用雙手撐住身體，但手腳逐漸失去感覺，雙手、雙腳幾乎快看不見了。很好，這樣很好。想到這裡，就覺得心裡好輕鬆，先前堆積在胸口的潮溼砂礫就像溶解似地消失無蹤。他閉上眼，聽見媽媽的聲音不知道從哪兒傳來——阿昭啊，你死了嗎？奶奶好像也感到很錯愕。你怎麼死啦？這樣最好，我就希望這樣。真對不起，枉費媽媽辛苦生下我，真可惜我不能變得像獨角仙那樣。

那一團黑暗，感覺好溫暖。

## 四個結局

圭介輕輕離開黃昏時分的窗邊，盡可能壓低腳步聲。

剛好從走廊上走進客廳的彌生，一手拿著圖畫紙好像要跟他說什麼，圭介趕緊在嘴邊豎起食指，然後對著表情寫著「？」挑眉質疑的彌生指了一下放在窗邊的電話分機。她的眼中立刻泛起笑意，點了點頭，靜靜回到二樓的工作室。

廚房裡的咖啡機已經沖好了咖啡。圭介把咖啡倒進兩只馬克杯裡，也跟著爬上樓梯。

「今天是最後一天啦。」

坐在辦公椅上的彌生面帶微笑往上看，只見她伸出來接過馬克杯的手，宛如調色盤沾滿了各色顏料，因為再過幾天就要舉辦個展了。這是她的首次個展，雖然就她的知名度來說，應該不會有太多一般觀眾，但畢竟算實現了自己的一個夢想，大約從一個月之前她就埋頭準備。

「對啊，是最後一天了。」

「覺得很不捨？」

圭介站著，直接將肩膀靠在牆上。

「沒什麼，還好啦。」

彌生似乎不太相信。

「昨天跟前天，晚上六點半之前就看你一副神不守舍的樣子。」

「妳怎麼知道？」

「你在客廳裡來來回回走個不停，就算待在二樓也知道啦。」

「哈哈……」

他苦笑著，連馬克杯裡的咖啡也不住晃動。

「你要不要告訴我嘛？」

「什麼？」

「為什麼你會答應那種請託呀？」

之前曾住過這棟屋子的人，突然寄來一封信。說他想聽聽節慶演奏，希望能在演奏期間把電話話筒放在窗邊。信裡頭居然寫了這麼莫名其妙的內容。

「我不是說過了嗎？能讓節慶演奏傳到遠方，不是很美嗎？又浪漫，又夢幻……」

彌生笑了。露出一臉明知這是扯謊的表情。

其實圭介也沒打算一直瞞著她，只不過說來話長，本來是想等她工作到一段落後再告訴她。

「現在有時間聽嗎？」

「要看是不是好玩的事嘍。」

經過幾秒鐘的沉默，兩人不約而同端起馬克杯送到嘴邊。坦白說，圭介從上星期就一直好想告訴彌生，畢竟這件事跟她也有很深的淵源。

「那封信的寄件人……」

＊＊＊

聽了圭介的說明，彌生大吃一驚，忍不住從辦公椅上站起來。

「……小學時期的？」

「對啊，是我的級任導師。」

據說從前住在這間屋子，寄了那封信來的人，就是圭介四年級的級任導師。

「他是改變我一生的人。要不是與澤老師，我根本不會寫起故事。」

圭介說，老師對這件事大概一無所知吧。他語帶落寞直盯著馬克杯。

小學四年級，也就是認識彌生之前的事。

彌生知道圭介在小學還有中學某個時期之前，日子都過得很辛苦。家中只有媽媽支撐的單親家庭，生活過得很清苦，因此常遭受班上同學嘲笑。在學校裡交不到朋友，回到家又因為媽媽工作到很晚，總是一個人孤零零。為了壓抑這股孤寂，他便開始用學校作業本，從最後的空白頁寫起自己編的故事。

他創作的第一個故事就是《蘋果布袋》。中學時曾借給彌生看過，還讓彌生畫了插畫，令人難忘。兩人共同創作的那本繪本，現在也跟《光之箱》一起收藏在工作室的書櫃裡。話說回來，沒想到當初開始寫故事的契機竟然是……

「我都不知道你是受到老師的影響。」

「當年不是很想提起嘛。好像很難啟齒說出是因為老師說了什麼話而影響我。然後似乎越來越淡忘了一開始寫故事的動力。等到發現的時候，才驚覺已經好久沒想起這回事。」

據說有一天國語課下課鈴聲響起之前，老師說了一番話。

「與澤老師問大家，有沒有人試著自己編過故事。當時大概有三個同學舉手。結果老師對著其他沒舉手的人說。」

還沒試過自己編故事的人，最好嘗試看看。隨便什麼內容都好，這麼一來，自己會變得更堅強，就算遇到難過的事，也能安然度過。

「當時我心想，老師說這話的意思不就是逃避到故事裡的虛構世界嗎？但我認為這是不可能的，反而會越來越悲哀，因為故事永遠不能拯救現實嘛。」

結果，老師像是洞悉圭介的心思，繼續說道。

這並不是要大家逃避到故事的世界裡。因為在故事裡，可以看到很多事情，變得善良、變得堅強，學習到很多之後會再回到現實世界。當然，進入其他人寫的故事裡也好。不過，自己創作的故事可以了解自己想知道的事，就算一開始不清楚想了解什麼，或是什麼都不懂，最後一定也能找到。因為自己創作的故事勢必能將你帶到你想要的方向。

「我一聽到這番話，就決定試試看。能變得堅強也好，變得善良也好……總之，我希望能改變。希望當時的自己有所改變，想用這個方法來改變自己所在的世界。」

圭介閉上雙眼，似乎胸口真的閃過那絲劇痛。但等到他睜開眼看著彌生時，已經露出了笑容。

「妳大概能了解我當年不想提起的原因了？」

彌生點點頭。

那時候他一定不想讓彌生知道，原來有個非得改變的自己。當然，彌生當年也發現，圭介的日子過得並不幸福快樂。而且早從他們結識之前，也就是小學時期就這樣。因為彌生自己也有類似的遭遇。

「這件事我遺忘了好久。忘了自己是在什麼情況下開始寫故事。所以當我收到與澤老師的來信時，真的好懷念，也對忘了這段往事的自己感到羞愧。」

說完之後，圭介輕輕笑了。

「老師大概也沒想到，這封信居然是寄給自己學生吧。畢竟已經是那麼久以前的事了，我在班上又不起眼。再說，老師信上的收件人根本是我的筆名。」

起先圭介看到寄信人姓名時，也以為只是單純的同名同姓。

「但一從電話裡聽到聲音，我就確定是老師。然後開心得不得了，邊笑邊講電話，與澤老師一定覺得莫名其妙吧。」

面對自己古怪的請託，對方不僅爽快答應，還一副很高興的樣子，他在電話那一頭想必很納悶。

「為什麼不直接跟老師說清楚呢？」

彌生問道。圭介拿著馬克杯，雙手在胸前交叉。

「因為我不知道老師寄那封信的原因。」

搞不懂老師為什麼想聽到這個小鎮的節慶演奏，甚至還寫了那封信來請託。因為不知道內情，便無法表明自己的身分。

「如果不是特殊狀況，應該不會寫那樣的信吧？所以我想，一開始還是別讓老師知道我認識他，只答應他的請託，先不要節外生枝。至少等到節慶活動結束再看狀況。」

敞開的窗外傳來細微的節慶演奏聲。此刻透過一樓的電話，身在大都市的與澤老師也聽到相同的樂音。

「今天要告訴他嗎？」

這樣的話，彌生也要說幾句，她想跟與澤老師道謝。因為多虧有與澤老師，才有現在的自己。

圭介看著窗外，低聲說等節慶演奏結束之後再決定吧。

天空在一片墨色暈染下，跟大海的交界越來越模糊。

＊＊＊

昨天妹妹從兒童館帶回來葉片，散發出類似薄荷口香糖的氣味。

莉子說這是她頭一次聞到新鮮月桂葉的味道，真子得意洋洋一一說明，像是用手指搓揉之後香氣會更濃，還有做菜時要用乾燥的葉片，以及正常的月桂樹大概長得多高等等。

正因為姊妹之間的這番對話，此刻莉子才會在廚房煮著一鍋肉醬。突然好想試試看用月桂葉做的菜色，於是今天一放學就立刻去採買。地點就是媽媽打工擔任收銀員的超市。

媽媽上晚班時，會在出門前先做好晚餐，但像今天這種白天到傍晚的班，晚飯就由莉子掌廚。莉子對做菜還滿拿手，加上自己做菜的日子可以跟媽媽一起吃晚餐，所以她並不討厭下廚。雖然媽媽對於害她減少用功的時間而感到抱歉，但她也很清楚媽媽到超市打工是為了存一筆讓自己念大學的基金。如果明年春天莉子進入大學，需要的將是一筆遠遠高過目前的學費。

當然，要考上了才算數。

「萬一要重考就糟了……」

莉子拿著鍋杓在鍋子裡攪動，口中唸唸有詞還夾雜著嘆息。一聲嘆息讓她先前忘卻的不安突然湧現心頭。美國政府過去實施的各種政策、日語中「品詞」的運用，還有一大堆不確定字義的英文單字不斷浮現腦海，讓她耐不住性子。

「好吧，要有效利用這段時間。」

她出了廚房，走向她跟真子共用的房間。接著她蹲在書櫃前面，瀏覽著一整排考古題冊、參考書以及單字簿的書背。

「就英文吧。」

先決定好科目。

或許因為平常讀很多小說，莉子對國文這一科頗有自信，但英文就完全沒轍。至少得多背點單字才行。

她抽出一本英文單字簿，轉身要走出房間時，不經意看到書櫃的最下層。那一層是給真子用的，裡面收著爸爸、媽媽，偶爾有莉子買給她的書，當然也有她自己用零用錢買的。妹妹經常坐在書櫃前面的地板上，讀書讀得入迷，甚至影響別人出入房間。莉子在一旁看著她認真的表情，看得出了神，心想自己以前讀書時是不是也有這副表情，或者到現在也是。

「好晚哦……」

這才想到，真子是怎麼回事呀？今天說要去兒童館，可是都已經傍晚了，平常這個時間早該回到家。莉子看看書桌上的電子鐘。

＊＊＊

找不到鸚鵡。

真子四周張望著小巷子左右兩側的圍牆、家家戶戶的屋頂，還有自動販賣機跟電線桿上方，來來回回走了好幾趟卻遍尋不著。越找越難過，但她心中同時也升起一股高昂的鬥志，無論如何都要找到。

——過來吧。

就在真子經過兒童公園旁時聽到了。她離開松果俱樂部準備回家時，突然聽到這個聲音。好奇之下左右張望，卻沒見到任何人。遠處的長椅上有個人坐著，但他的聲音應該傳不到這裡。感覺有點詭異，於是真子想要趕緊回家。

這時，她又聽見了。

——過來吧。

是個男人的聲音。

她越想越害怕，全身僵住動彈不得。但這時公園裡的草叢中伸向步道的樹枝叢裡，有個東西蠢蠢欲動。真子屏氣凝神，忍住眨眼仔細觀察，看到一隻鳥。

——過來吧。

聲音原來是這隻鳥發出來的。

謎底揭曉之後真子鬆了一口氣，但下一秒鐘她又感到一陣心驚。

她想起《飛天寶物》。

這是姊姊第一個講給她聽的童話故事，後來她也自己重讀了好幾遍。這個故事裡也有一個跟自己一樣名叫真子的女孩子，書上沒寫她幾歲，以前曾問過姊姊，當時姊姊露出一臉懷念的表情，說故事裡的真子一定是九歲。九歲的真子在某天傍晚一個人走在路上，發現一個奇妙的洞穴。她在受到洞穴傳來的聲音引導下，展開一場神奇的冒險。

啪啦　啪啦　啪啦　啪啦

一起　一起　一起

兩人有相同的名字。九歲的話，剛好跟自己一樣。而且現在也是獨自走在路上，差不多到了黃昏時分……不對，太陽已經要下山了。一切情境都好類似，真子有一股即將展開冒險的預感。她全身上下都感受到緊張刺激的氣氛，茫然面對眼前的未知擺好架式，抬頭望著樹枝叢中的鸚鵡。

但一瞬間，鸚鵡就伴隨著拍打翅膀的短促聲響飛走了。

然後消失無蹤。

然而，真子心中已然充滿的冒險預感卻始終揮之不去，所以她才會在附近徘徊尋找鸚鵡的蹤跡。眼看著時間越來越晚，太陽都快下到地平線，天色就要真的暗了。心想著差不多得回家，但腦子裡還是擺脫不了《飛天寶物》的最後一幕。說不定自己也能成為故事裡的真子。她當然能夠分辨出故事與現實的不同，但心裡還是想著……再多找一下下。

太陽西下的角度更大了，四周的景致從明亮的橙紅色漸漸變成紫色。

看來早就過了故事裡真子發現洞穴的時間。

一旦察覺到這一點，頓時覺得自己真是莫名其妙。

再不快點回家，姊姊就要擔心了。今天媽媽得工作，姊姊一定正在廚房做晚餐，等著自己回家。一想到這裡，內心對冒險的期待完全消褪。

就在這時，她看到鳥兒的影子。

「啊！」

鳥兒就在日落之後，朝著太陽下山的方向，也就是真子家的方向飛去。似乎像在嬉戲，似乎享受著徜徉在空中的感覺。那是剛才那隻鸚鵡嗎？這次如果再跟丟就沒轍啦。真子邁開大步，抬起頭直盯著鳥兒蹤影一個勁兒往前跑。但鳥兒飛得好快，即便真子已經拚了命，跟鳥兒之間的距離卻漸漸拉開。沒希望了，已經看不見牠了。

然而，這時卻出現了令人訝異的狀況。

鸚鵡在空中似乎受到驚嚇，身體一瞬間往反方向大轉彎。空中明明什麼都沒有呀。

轉向的鸚鵡朝真子飛過來，當牠從真子頭上飛過時，她也立刻轉身追上去。鸚鵡究竟要往哪裡去呢？剛才又是受到什麼驚嚇？鸚鵡筆直往前衝，像要逃回家似的。真子在巷弄中飛奔，拚了命地往前跑。前方是一處高地，眼看就要消失的夕陽下，映射著一棟五層樓高的老舊建築。鸚鵡的目的地似乎就在那裡。真子上氣不接下氣，奮力擺動著雙腳，視線中的樓房越來越大。鸚鵡到哪兒去了？在哪？在哪？就在那裡！一樓最靠角落的陽台上。有一只鳥籠。鸚鵡就是從那個鳥籠裡逃出來的嗎？真子覺得自己向前跑時，好像有人在後面推著她，而且不只一隻手，是好幾隻手。

要她跑快點，再快一點！

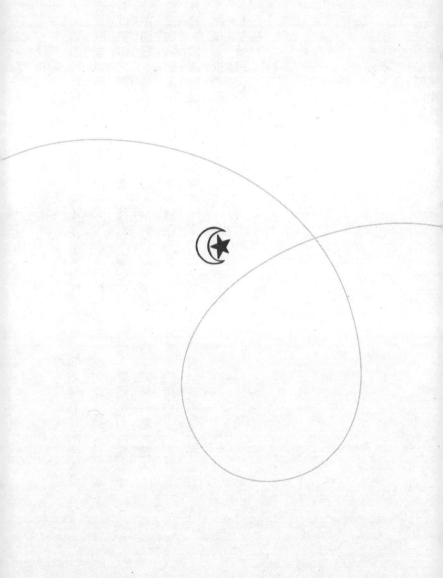

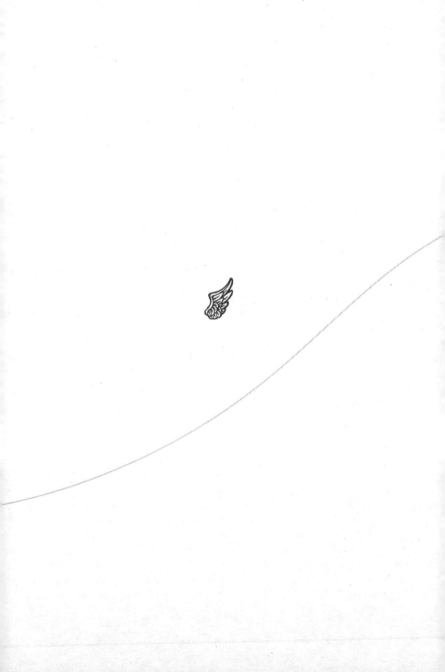

一大清早，一名年輕的宅配送貨員騎著機車在坡道上奔馳。

前方有一棟老舊的住宅，在遮住晨曦下顯得灰暗。建築物整體形成一片大陰影，不過天氣很好，陽台上晾滿了洗好的衣物。

夏天過去，秋天也到了即將離開的時期，四周維持赤裸水泥牆的玄關大廳特別陰涼。送貨員聽著身後暫時停放的機車引擎聲，來到一排信箱前面。他一邊看著手上郵件的收信人地址，將一封封郵件丟進信箱裡。

「呃……」

手上的最後一件塞不進信箱。

裡頭裝的是什麼呢？硬硬的，方方的，扁扁的。橫放的話，比信箱口還來得寬；直放的話，又會有一半在信箱外。感覺像是大開本的書，邊邊卻有裝訂線的觸感。

大概兩個月之前，送貨員發現這個信箱被廣告和宣傳單塞滿。從盛夏時期好像就沒人清信箱，裡頭的東西越堆越多，到最後甚至連信箱口都看不見了。這間屋子的主人經常在陽台上照料花草，送貨員也認得他的臉。究竟發生什麼事呢?從年紀看起來,說不定已經過世了。送貨員暗自心想。不過,沒這回事,屋主只是住院了。

這附近的綜合醫院也在送貨員的配送範圍內,每天都會送郵件過去。醫院停車場的一角,也就是靠近病房大樓的玄關旁,有一處休息區。一整排自動販賣機前面設置了幾張長椅。就在夏日將盡時,有一天送貨員抱著郵件經過長椅前方,恰巧看到了那間房子的屋主。而且,他不是一個人。在午後和煦的陽光下,老先生露出安詳的笑容,旁邊坐了一對比他年輕很多的男女,還有一個小女孩站在長椅前面。三個人聽著那孩子說個不停。年輕男子偶爾會插話,他稱呼房子屋主「老師」,不知道那位老先生是不是教俳句的。

「忽然就咻地一下轉過頭耶。」

送貨員從旁邊經過時,聽見小女孩認真敘述。

「好像被什麼東西嚇到,真的很突然。所以我就跟在後面追。」

她在說什麼事啊?小女孩說話的樣子似乎感到訝異得不得了,聽她敘述的三個人也被吸引住了。

「直接交給他好了……」

送貨員把信封交到左手，跳過一階階梯來到一樓的走廊。地址上的一〇五號就是最前面這一間。

他按了門鈴，屋內響起類似鬧鐘聲響的電鈴聲，卻不見有人來應門。試著再按一次，還是靜悄悄。他猶豫著該怎麼辦才好。通常遇到這種狀況，多半是把郵件塞進大門上的收報箱裡，然後讓郵件露出一小部分以便辨識，不過這件包裹稍微重了點，很可能一不小心整件掉進箱子裡。這麼一來，屋主就很難發現有郵件送達，說不定之後還會引起爭議。

下午的配送行程還會繞到附近，到時候再過來看看吧。

「是不是去釣魚啦？」

送貨員離開玄關大門。他想起這一陣子經常在那間屋子的陽台上看見曬乾的釣竿跟撈網，一邊走回暫停路邊的機車旁。

老先生都在同一個地點垂釣。之前騎機車沿著河邊那條路時就曾看過。

他把一支看來像新的釣竿固定在擦得亮晶晶的保冷箱上，然後老先生就坐在一張摺疊椅上，一臉認真地盯著水面浮動的狀況。先前有一次，送貨員經過那裡時，恰巧看到老先生用力站起來抓著釣竿猛拉的樣子，但不知道是讓獵物跑了，還是水面的波動只是風吹，總之釣線另一頭空空如也。不過老先生似乎沒釣到魚也樂在其中，露出喜孜孜的側臉，拿出魚餌重新勾在釣鉤上。

「繞過去看看好了……」

他忽然想到這個方法。如果老先生在那裡，就繞過去把這件包裹交給他。反正剛好順路，而且比起下午再來一趟省事多了。

送貨員不經意瞥了信封上的寄件資訊一眼。

寄信人寫著「正木圭介・彌生」。郵件品名欄上的「Stories」是什麼意思呢？

「管太多啦，管太多。」

探人隱私真是不對。

送貨員把包裹放回側箱後，跨上機車。發動機車入檔後，在先前上坡的那條路往下滑。下坡路上忽然發現後照鏡變亮，他仔細一看，旭日剛好從大樓的頂端露臉。只見太陽在小小的後照鏡中逐漸爬升，連帶著整條路、兩旁的住家屋頂跟牆壁，還有路樹的枝幹，也都陸續籠罩在眩目的陽光下。從零出發的嶄新一天，即將在此刻誕生。

春日文庫 46

Noel 耶誕節 ノエル: a story of stories

Noel耶誕節/道尾秀介作 ; 葉韋利譯. -- 初版. -- 臺北市 :
春天出版國際文化有限公司, 2021.04
面 ;　公分. -- (春日文庫 ; 46)
譯自 : ノエル : a story of stories
ISBN 978-957-741-317-8(平裝)

861.57　　109019526



ISBN 978-957-741-317-8
Printed in Taiwan



作　　者　道尾秀介
譯　　者　葉韋利
總 編 輯　莊宜勳
主　　編　鍾靈

出 版 者　春天出版國際文化有限公司
地　　址　台北市大安區忠孝東路4段303號4樓之1
電　　話　02-7733-4070
傳　　眞　02-7733-4069
E－mail　story@bookspring.com.tw
網　　址　http://www.bookspring.com.tw
部 落 格　http://blog.pixnet.net/bookspring
郵政帳號　19705538
戶　　名　春天出版國際文化有限公司
法律顧問　蕭顯忠律師事務所
出版日期　二〇二一年四月初版

定　　價　380元

總 經 銷　楨德圖書事業有限公司
地　　址　新北市新店區中興路二段196號8樓
電　　話　02-8919-3186
傳　　眞　02-8914-5524
香港總代理　一代匯集
地　　址　九龍旺角塘尾道64號 龍駒企業大廈10 B&D室
電　　話　852-2783-8102
傳　　眞　852-2396-0050